포스트잇처럼 가볍게 살고 싶어

포스트잇처럼 가볍게 살고 싶어

2020년 08월 14일 초판 01쇄 인쇄
2020년 08월 20일 초판 01쇄 발행
–

글	호사

–

발행인	이규상
편집인	임현숙
책임편집	황유라
교정교열	이수민
편집팀	이소영 황유라 우경진
디자인팀	손성규 이효재
마케팅실	이인국 전연교 윤지원 김지윤 안지영 이지수
영업지원	이순복

–

펴낸곳	(주)백도씨
	출판등록 제2012-000170호(2007년 6월 22일)
	주소 03044 서울시 종로구 효자로7길 23, 3층 (통의동 7-33)
	전화 02 3443 0311(편집) 02 3012 0117(마케팅)
	팩스 02 3012 3010
	이메일 book@100doci.com(편집·원고 투고) valva@100doci.com(유통·사업 제휴)
	블로그 blog.naver.com/h_bird 인스타그램 @100doci

–

ISBN 978-89-6833-271-5 03810
© 호사, 2020, Printed in Korea

이 도서의 국립중앙도서관 출판예정도서목록(CIP)은 서지정보유통지원시스템 홈페이지(http://seoji.nl.go.kr)와
국가자료공동목록시스템(http://www.nl.go.kr/kolisnet)에서 이용하실 수 있습니다.
(CIP제어번호: CIP2020033093)

하루하루 유연하고 경쾌한 마음으로

포스트잇처럼
가볍게 살고 싶어

호사 지음

허밍버드
Hummingbird

불필요한 힘은 빼고 한층 더 가뿐하게

"야! 봤어? 저기 영화배우 ○○○!"
"아니? 누구? 어디?"
"벌써 지나갔어. 상황 종료!"

내 눈과 마음속에는 다른 사람들보다 구멍이 촘촘한 체가
있다. 남들은 그냥 흘려보내는 것들이 매번 그 체에 턱 하고
걸렸다. 함께 걷던 사람은 미처 보지 못한 유명 연예인부터
일촉즉발 대치 중인 연인, 한여름에 살아 있는 고양이를 털목
도리처럼 두른 채 산책하던 아저씨까지 눈에 들어왔다. 또 침
묵 속에 흩뿌려진 싸늘하게 식은 표정, 뾰족하게 날 선 눈빛,
서운함이 뚝뚝 묻어나는 어색한 미소만으로도 바뀐 공기의
흐름이 느껴졌다. 그럴 때마다 '무슨 의미일까?', '왜 그럴까?'
흘려보내지 못한 물음표를 마음속 체 위에 올려놓고 뱅뱅 굴
리며 곱씹었다. 그러는 동안 크고 작은 불안이 나를 갉아 먹
고 있었다. 불안을 먹고 자란 거대한 예민함이 나를 완전히
덮치기 전에 살 방법을 찾아야 했다.

어디든 내뱉고 싶어 글로 쓰기 시작했다. 방구석에 앉아

원망과 한탄을 쏟으며 소중한 날들을 낭비하면서 중년을 맞이하고 싶진 않았다. 단전에 힘을 주고, 노트북을 두드렸다. 나를 향해서만 굳게 닫힌 줄 알았던 세상의 문을 두드리는 심정으로. 머릿속을 헝클어뜨리던 생각들이 한 편, 한 편 글로 태어났다. 가슴에서 꺼내 멀찌감치 거리를 두고 보니 생각보다 별게 아니었다. 나를 다독이기 위해 쓴 글이 차곡차곡 쌓여 어느새 누군가의 마음에 닿았다. 많은 사람의 공감과 '좋아요'가 모였다. 크고 작은 응원이 더해져 결국 한 권의 책으로 완성됐다.

이 책에는 내 예민함이 만든 너절한 흑역사가 고스란히 담겼다. 이불킥을 부르는 부끄러운 과거를 책에 쓰며 깨달았다. 편집하고 싶은 인생의 NG 컷들이 모여 오늘의 내가 됐다는 사실을. 부정하고 외면한다고 해서 서툴고 예민한 내가 바뀌지 않는다는 걸 이제는 안다. 그래서 지나간 날들에 대한 후회뿐만 아니라 앞으로 살아갈 날들을 향한 다짐도 담았다. 나의 과거, 현재 그리고 미래를 닮은 누군가를 향한 위로와 응원도 아낌없이 넣었다. 부디 한 페이지, 한 페이지 넘길 때마다 당신의 어지러운 현재와 흐릿한 미래가 조금 더 선명해지길 빈다. 책을 쓰는 동안 내가 그랬던 것처럼.

세상의 잣대나 결과와 별개로 난 '열심히'는 살았다. 모자란 능력은 '노력'으로 채웠다. '열심'과 '악착같음'을 혼동했다. 그렇게 1N년을 숨차게 달려온 내 손에 쥐어진 건 기대했던 것과 전혀 달랐다. 건강, 시간, 사람, 기회 등 소중한 것을 잃고 나서야 세상의 기준과 내 기준에는 큰 차이가 있다는 걸 알게 됐다. 차가운 현실에 뒤통수를 세게 얻어맞은 후 악착같음을 내려놓았다. 더는 애쓰며 살지 않기로 다짐했다. 대신 포스트잇처럼 그저 하루하루 유연하고 경쾌한 마음으로 살 뿐이다.

주절주절 말이 길었지만, 결론은 단순하다. 이 책을 많은 분이 읽어 주셨으면 좋겠다. 강력 접착제의 자세로 살아온 사람들이 '한 번쯤 포스트잇의 자세로 살아 볼까?'라는 가벼운 다짐을 품고 책 마지막 장을 덮을 수만 있다면 더 바랄 게 없다. 포스트잇을 닮은 여유와 명쾌함이 각자의 마음에 가득하다면 세상살이가 좀 더 수월하시 않을까? 그래서 (오 좋게 기회를 얻어) 책 쓰기라는 능력 밖의 일을 해낸 내 수고가 그저 수고로 끝나지 않길 바란다. 삶의 무게에 짓눌려 버둥거리며 살아온 무수한 사람의 마음에 '포스트잇이 건넨 에너지'가 닿길 간절히 기도한다. 불필요한 힘은 빼고 한층 더 가뿐하게 살아가고 싶은 나와 당신 그리고 우리 모두를 위해.

2020년 늦은 여름
호사

차례

프롤로그 ·004

1부 · 포스트잇의 자세

'강력 접착제'처럼 살면 성공할 줄 알았지 ·014

아휴, 서른이면 애기지 애기 ·019

'어쩌다 대박'보다는 '꾸준한 존버'가 체질 ·024

변신의 귀재, 수국이 전하는 말 ·028

한쪽으로만 기울어진 시소 타기는 재미없지 ·033

마음도 1/N 하세요 ·037

때로는 악역도 내 몫 ·040

인생이 한결 쉬워지는 마법의 치트키 ·045

관계에도 삼진 아웃제가 필요해 ·049

흰옷이라는 사치 ·053

적 같네! 이놈의 세상 ·059

딱 0.5cm 차이 ·064

극복할 수 없다면 '인정'이 답 ·068

왜 그 나무엔 벚꽃이 피지 않았을까? ·071

마흔에도 진로 고민을 하고 있을 줄이야 ·076

2부 · 가끔의 행운보다 매일의 작은 기쁨을

손에 닿는 매일의 행복을 위하여 ·082

빨래를 개는 마음 ·086

우울의 과속방지턱 ·090

제게서 커피마저 빼앗아 가신다면 ·095

나에게는 코미디, 누군가에겐 호러 ·100

기대라는 이름의 역설 ·104

이방인 필터의 마법 ·109

당신에게는 행복 루틴이 있나요? ·114

내 안의 소녀, 소년을 소환하는 일 ·121

오늘도 나는 심심해지기 위해 산다 ·124

시간이 속절없이 흘러갈 땐, 플랭크 ·128

삶에 무기력이 묻으면 유기력으로 지우세요 ·131

3부 · **장래 희망은 귀엽고 현명한 할머니** 🌹

귀엽고 현명한 할머니 지망생의 신년다짐 ·140

미용실 거울 앞에서 써 내려간 참회의 기록 ·146

내 얼굴의 미래는 내가 결정하기로 했다 ·150

굳어 못 쓰느니, 차라리 닳아 못 쓰는 게 낫더라 ·155

가르마를 바꾸다 만난 흰머리 ·160

따뜻한 아이스 아메리카노 같은 사람 ·164

그 많던 언니들은 어디로 갔을까? ·168

외로운 어른이 되지 않는 법 ·173

할머니가 된 후에도 떡볶이를 좋아할까? ·177

같이한 여행, 다르게 꽂힌 시선 ·182

가지 않은 길의 부러움 vs 가고 있는 길의 지겨움 ·187

노포의 퇴장 ·192

상처의 손익분기점: 상처 줘서 고맙습니다 ·196

어른의 예의 ·199

내가 택한 죽음의 품격 ·204

나는 지금 후숙 중입니다 ·208

N년 전의 나, N년 후의 나 ·212

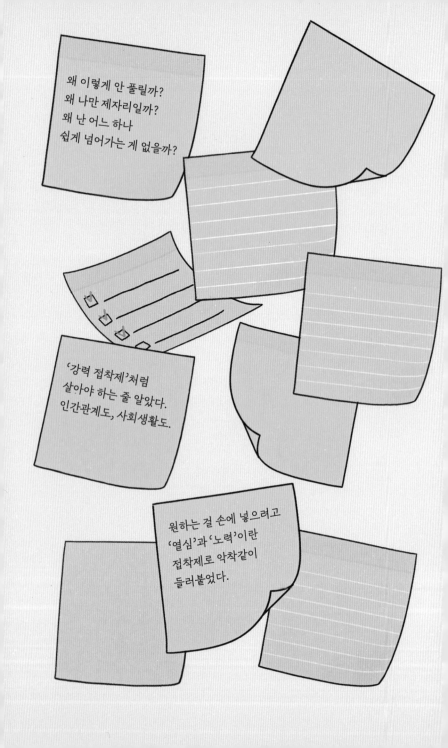

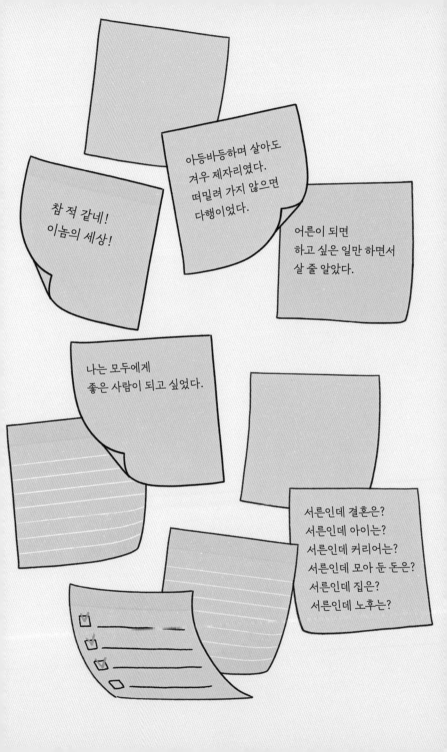

1부

포스트잇의 자세

'강력 접착제'처럼 살면 성공할 줄 알았지

나를 포함해 내 주변에는 문구 덕후들이 있다. 각종 펜부터 스티커, 마스킹 테이프 등 애정하는 대상은 각기 다르다. 굳이 구분하자면 나는 접착식 메모지, 일명 '포스트잇' 덕후다. 다양한 색깔과 모양의 포스트잇을 모아 두고 기분과 상황에 따라 골라 사용한다.

포스트잇을 좋아하는 이유는 단순하다. 부담 없이 아무 데나 붙일 수 있고 떼고 나서는 흔적이 남지 않는다는 점, 그게 바로 포스트잇의 매력이다. 기존 제품보다 강력한 접착제를 만들려다 탄생한 실패작이었던 포스트잇. 오히려 그 약한 접착력 때문에 문구 역사에 한 획을 그은 걸작이 되었다.

나에게는 일정한 루틴이 있다. 매일 아침, 노트북의 전원을 켜고 포스트잇을 꺼내 '오늘의 할 일'을 적는다. 거래처 담당자와 통화하기, 제안서 피드백 받기, 섭외 진행상황 체크하기 등 오늘 안에 처리해야 할 업무적인 내용부터 물 다섯 잔 이상 마시기, 틈틈이 스트레칭 하기처럼 잊지 말아야 할 사소한 습관까지 꼼꼼히 적는다.

포스트잇에 적은 리스트를 노트북 오른쪽 귀퉁이에 붙이는 것으로 본격적인 노동자의 하루가 시작된다. 일하는 동안 리스트 속 항목을 하나하나 지워 간다. 까만 줄을 하나씩 그을 때마다 성취감이 모락모락 피어난다. 일을 다 끝내고서는 노트북의 전원을 끄면서 포스트잇에 남은 오늘의 할 일이 없는지 점검한다. 모든 항목에 까만 줄이 그어졌다면 과감히 포스트잇을 떼 쓰레기통에 넣은 후 홀가분한 마음으로 마무리한다. 오늘 못다 이룬 게 있다면 새 포스트잇에 옮겨 적은 후 노트북 사이에 끼워 넣고 내일을 기약한다.

'강력 접착제'처럼 살아야 하는 줄 알았다. 인간관계도, 사회생활도. 원하는 걸 얻으려고 '열심'과 '노력'이란 접착제로 악착같이 들러붙었다. 부족한 능력은 잠을 줄여서 마련한 시간으로 메웠다. 성실하고 우직하게 시간과 노력을 투자하면 될 줄 알았다. 그런데 이상했다. 강력 접착제처럼 들러붙을수록 성과에 대한 더 큰 욕심이 자라났다. 노력과 시간을 100 정도 투자했다면 내 안에서는 '내가 이렇게까지 모질고 끈덕지게 노력했는데 120 정도는 돌아오겠지?'라는 기대 심리가 스멀스멀 올라왔다.

하지만 삶의 수학 공식은 '='만 되어도 성공이다. 현실은 내 노력과 시간에 '+'가 될 확률보다 '−'가 될 확률이 더 높았다. 그걸 몰랐던 지난날의 난 늘 결과에 좌절했고, 절망했다. 내가 투자한 진득함의 결과는 '미련'이라는 찐득한 찌꺼기가 덕지덕지 붙은 상태로 돌아왔다.

언젠가 노트북에 붙은 포스트잇을 떼면서 생각했다.

'그래. 딱 포스트잇의 마음 정도면 되는 건데…. 뭐 대단한 사람이 될 거라고 그리 악착같이 들러붙었지?'

때로는 포스트잇 같은 자세로 사는 것도 중요하다. 필요할 때는 딱 붙어 있고, 임무를 다하면 흔적도 남기지 않고 스르륵 떨어지는 포스트잇처럼. 잘하려고 너무 애쓰지도 말고, 할 수 있는 만큼만 하고, 다 하고 나면 미련 하나 남기지 않고 돌아서는 자세. 그게 나한테 필요했다.

그때부터 매일 아침, 포스트잇을 붙이며 주문처럼 말했다. "오늘 하루도 포스트잇처럼 살자." 그날 저녁, 포스트잇을 떼며 나에게 물었다. "오늘 하루, 포스트잇처럼 가볍게 살았어?"

분명 그런 날도 있고, 그렇지 않은 날도 있다. 그렇지 않았다고 실망하지도 않고, 그랬다고 만족하지도 않는다. 그저 하루하루를 경쾌한 리듬으로 살아갈 뿐이다. 무거운 책임감이나 묵직한 사명감에 짓눌려 나를 괴롭히던 뜨거운 열정은 사라졌다. 대신 그 빈 자리에 몸과 마음의 여유를 천천히 채웠다. 몸은 건강해졌고 얼굴에는 온화한 미소가 스며들었다. 나라는 사람은 강력 접착제보다 포스트잇처럼 사는 게 더 어울린다는 걸 먼 길을 돌아 이제야 알게 됐다.

둘러보면 과거의 나처럼 분명 성향이 포스트잇 재질인데 강력 접착제인 줄 착각하는 사람이 많다. 자신을 괴롭히며 사는 사람이 스스로 만든 그 끈적한 감옥에서 탈출하는 방법은 단하나다. 자신의 재질을 제대로 파악하는 것. 지금까지 강력 접착제의 자세로 살아왔는데 그게 아무래도 안 맞는다면 삶의 자세를 바꿀 타이밍이다. 곰곰이 생각해 보자. 포스트잇의 자세도 좋고, 딱풀의 자세도 좋고, 스프레이 접착제의 자세도 좋다. 과연 난 어떤 재질일까?

강력 접착제처럼 악착같은 하루를 보냈다면
85쪽으로

필요할 때는 딱 붙어 있고,

임무를 다 하면 흔적도 남기지 않고

스르륵 떨어지는 포스트잇처럼.

잘하려고 너무 애쓰지도 말고,

할 수 있는 만큼만 하고,

다 하고 나면 미련 하나 남기지 않고 돌아서는 자세.

아휴, ········ 서른이면 ·····················

···························· ········ 애기지 애기

오랜만에 친구 S를 만났다. 고등학교 1학년 때 짝꿍으로 처음 만나 지금까지 '절친'이라는 이름으로 얽힌 사이. 우리는 수많은 흑역사와 화양연화를 함께 만들어 왔다. 친구는 이제 일곱 살인 딸을 둔 평범한 여자 사람이다. 꽤 오랜 시간 IT업계에서 유능한 기획자로 일했지만 딸이 초등학교 입학하기 전까지의 다시없을 그 소중한 시간을 함께하기 위해 결단을 내렸다. 과감히 퇴사하고 현재는 전업주부의 임무를 다하고 있다. 곧 길고 긴 유치원 방학이 시작되면 당분간은 꼼짝 못 할 것이 분명했다. 이번 만남은 한동안 온전히 엄마로만 살아야 하는 친구가 자신에게 주는 선물이자 에너지 충전을 위해 어렵게 마련한 시간이었다.

각각 경기도 남과 북에 흩어져 사는 우리는 서울의 중심 광화문에서 만났다. 오랜만에 딸이 먹다 남긴 음식이 아닌 리코타 샐러드와 버섯 파니니 등 지극히 우리 취향의 음식을 앞에 두고 어른의 대화를 나눴다. 퇴사 직전까지 회사의 과장으로 활약했던 S였기에 회사에 대한 얘기가 나오자 눈이 반짝였다. 이젠 줄줄이 후배가 딸려서 뭐만 하면 꼰대가 아닐까 스스로 자기 검열을 하게 된다는 나의 말에 S가 물었다.

"후배들이 몇 살인데?"

"20대 초중반부터 30대까지 다양하지. 서른 언저리 후배들이 제일 많아."

"서른? 아휴, 서른이면 애기지 애기. 뭘 알고 그러는 거겠어? 자기들도 네 자리 가 봐야 알지."

서른에서 한참 멀어지고 보니 서른이 왜 이렇게 꼬꼬마처럼 느껴질까? 나도 그랬다. 인생에 있어 철모르고 날뛰던 시절이 서른 언저리였다. 회의할 때면 날카롭게 목소리를 높였고, 불합리와 부당함을 참지 못하는 열정의 화신이었다. 서른이 저물면 인생도 끝날 줄 알았던 철부지였다. 내 인생의 정점은 서른일 거라 철석같이 믿었다.

서른이 되기 전, 서른은 완벽한 어른의 상징 같은 나이였다. 내가 상상한 '서른의 나'는 내 명의의 차와 집, 그리고 일정

수준 이상의 커리어를 갖춘 멋있는 사람이었다. 킬힐이 잘 어울리는 어른의 외모를 갖출 거라 생각했다. 하지만 막상 서른이 되고 보니 무엇 하나 내 명의로 된 게 없었다. 킬힐은커녕 스니커즈를 신는 날이 더 많았다. 누가 부르면 재빨리 달려가야 하는 '을 of 을'의 삶을 살아가고 있었기 때문이다. 아직 갖춘 게 없는데 사람들은 자꾸만 몰아붙였다. 아찔한 절벽 끝에 서 있는 기분이었다.

서른인데 결혼은? 서른인데 아이는? 서른인데 커리어는? 서른인데 모아 둔 돈은? 서른인데 집은? 서른인데 노후는?

아, 개뿔. 뭐래!

세상이 제멋대로 만든 '서른이 되면 갖춰야 할 101가지의 기준'으로 끊임없이 나를 다그쳤다. 몇몇 사람들은 말했다. 서른 넘으면 여자 인생 끝나니 값 떨어지기 전에 얼른 시집 가라고. 100% 확신에 찬 눈빛으로 말하기에 진짜 그런 줄 알았다. 그런데 어쩌나? 서른이 넘어도 내 인생은 끝나지 않았고 이렇게 잘 살고 있는걸? 물론 예전에는 그런 생각이 만연했다. 그런데 난 예전이 아닌 현재를 살아가고 있다. 시대는 바뀌었고, 지금의 서른은 예전의 서른이 아니다.

서른이 두려운, 과거의 나를 닮은 모두에게 하고 싶은 말은 이거다. 마흔 언저리의 내가 서른 언저리의 후배들이 아이같이 느껴지는 것처럼, 쉰 언저리의 누군가는 이제 막 마흔을 맞이한 내가 철부지로 보일 것이다. 아흔이 넘은 할머니가 칠순을 훌쩍 넘긴 자식을 '애기'라고 부르는 것처럼 말이다. 서른이든 마흔이든, 우린 누군가에게 여전히 꼬꼬마일 것이다. 그러니 무언가를 이루지 못했다고 자책할 필요도, 실패했다고 속단할 필요도 없다. 우린 아직 살아갈 날들이 훨씬 많다.

이렇게 생각하게 된 건 엄마가 나에게 해 준 말 덕분이다. 언젠가 엄마한테 물었다.

"엄마는 만약 시간을 돌릴 수 있다면 언제로 돌아가고 싶어?"

"한 마흔쯤? 20대는 불안했고 30대는 정신없었지. 40대가 되니까 눈이 생기더라. 내가 뭘 좋아하는지, 뭘 잘하는지. 그리고 어떻게 살아야 하는지. 사람들은 20대가 '인생의 꽃'이라고 하는데 뭘 몰라서 그래. 진정한 인생의 꽃은 마흔 넘어야 피는 거야."

엄마는 20대부터 30대까지 네 명의 자식을 낳아 키우느라 정신없었다고 했다. 돌아서면 밥때가 되고, 눈만 뜨면 자식들이 돌아가며 학비나 참고서비 달라고 제비 새끼들처럼 입을 쫙쫙 벌리고 있었다. 20~30대 때도 분명 열심히 살았는데

수중에 모이지 않던 돈이 40대를 넘기니 신기하게 딱 필요한 만큼 모였다. 또 조금 더 허리띠를 졸라맸더니 (물론 은행의 도움을 받긴 했지만) 집까지 장만하게 됐다. 평생 남의 집을 전전했던 돌아가신 외할머니가 살아 계셨으면 얼마나 좋아하셨을지 지금 생각해도 울컥 눈물이 난다고 했다. 엄마의 마흔은 '분명 힘들었는데 사는 재미가 있는 날들'이었다며, 스트레스에 취약한 유리 심장을 가진 딸을 다독이며 말했다.

"사람마다 다 때가 있으니 걱정하지 마."

나는 엄마가 그렇게 돌아가고 싶어 하는 마흔을 이제 시작한다. 엄마 말대로라면 20대보다, 30대보다 훨씬 괜찮은 날들이 나를 기다리고 있을 것이다. 그때나 지금이나 앞날이 불투명한 건 매한가지다. 하지만 불안할 때마다 엄마의 말을 떠올리며 곱씹는다.

다 때가 있다. 사람마다 다 때가 있다. 그러니 걱정하지 말자.

'어쩌다 대박'보다는 '꾸준한 존버'가 체질

매일 아침 눈을 뜨면 제일 먼저 환기를 위해 창문을 활짝 연다. 머리보다는 몸이 먼저 움직이는 나의 오래된 습관이다. 마찬가지로 정해진 시간이 되면 글을 쓰기 위해 노트북을 켠다. 하지만 최근에는 노트북을 열어 놓고 멍 때리는 시간이 더 많다. 티끌 하나 없는 하얀 페이지에 깜빡이는 커서만 한참 보다가 창을 닫고 포털 사이트 이곳저곳을 둘러본다. 그렇게 시간을 보내다 머리를 띵 울리는 글감이 잡히면 그날은 운수 좋은 날이다. 그게 아니라면 다시 스마트폰 메모장에 적어 둔 글감 키워드를 훑어본다. 하지만 영 마땅한 게 없다. 쓸 만한 건 이미 다 썼고 쭉정이만 남았다.

코로나19로 인한 팬데믹 시대가 시작된 후 삶이 단조로워졌다. 사람을 만나는 일도 없고, 새로운 이야기를 들을 기회도 없다. 낯선 곳에 갈 수도 없어 집 근처 동네 언저리만 빙빙 돈다. 인풋이 없으니 이렇다 할 아웃풋도 없다. 단조로운 생활은 단조로운 생각을 낳는다. 새로운 자극이 없는 상황에서 나의 얄팍한 글감 주머니에 슬슬 바닥이 보인다.

그래도 어쩌다 걸린 단어의 발목을 구질구질하게 부여잡고 헛소리라도 쓴다. 예전의 나였다면 진즉에 걸렀을 수준의 글도 쓴다. 물론 민망하고 부끄러운 글도 있다. 하지만 자기 검열을 하며 먼저 선수 쳐 잘라 내고 판단하는 일은 이제 하지 않는다. 평범한 내 인생은 '어쩌다 대박'보다 '꾸준한 존버'가 어울린다는 걸 잘 알기 때문이다.

흠결 없는 완벽한 결과물을 만들기 위해 애쓰던 시절이 있었다. 까다롭고 꼼꼼하게 자체 심의를 했다. 최고의 도자기가 아니라면 자신의 손으로 깨 버리는 도자기 장인이라도 된 듯 오래도록 글을 끌어안고 깎고 다듬었다. 하지만 애초에 완벽한 글이란 있을 수 없다. 수십 번 고치고 다듬어도 다시 보면 또 흠결이 보인다. 이불킥 방지를 위해 오랜 시간 공들여 매만져 보지만 예상치 못한 구멍들이 늘 불쑥불쑥 튀어나와 나를 괴롭혔다.

"좋아하는 일이면 오래 해. 오래 하면 너 욕하던 놈들은 다 사라지고 너만 남아."

올해로 30년째 라디오 DJ 자리를 굳건히 지키고 있는 배철수 님의 말이다. 우연히 이 인터뷰를 보고 한참 멍했다. 글을 쓰는 것도 마찬가지다. 하루아침에 좋은 글을 쓸 수는 없다. 오그라드는 글도 써 보고, 악플이 수두룩하게 달릴 걸 예상하면서도 쓴다. 그러다 보면 좋은 글감을 고르는 눈이 생기고, 속마음을 제대로 표현할 수 있는 글 근육이 차오른다. 그렇게 성실하게 시간을 만들다 보면 분명 내공도 쌓이고 흔들림 없이 단단한 글을 쓰는 사람이 될 것이다.

대박을 터뜨리는 한 개의 글보다, 소박이든 중박이든 누군가의 가슴에 닿을 글을 자주 쓰는 사람이 되고 싶다. 그래서 계속 쓴다. 오늘도 쓴다. 시간이 조금 걸리더라도 목표 지점과 방향을 분명히 해 내가 가야 할 길로 또박또박 걸어가는 마음으로 쓴다. 얕은 글이라도, 오그라드는 글이라도, 부족한 글이라도. 그럼 내일은 분명 오늘보다 조금 더 좋은 글을 쓰는 사람이 될 수 있을 테니. 지치지 않고, 그서 내 속도대로 간다.

변신의 귀재,
수국이 전하는 말

비 오는 날도, 성수기의 번잡함도 몸서리치게 싫어하지만 이른 여름이면 제주에 간다. 이유는 딱 하나, 바로 수국 때문이다. 6~7월이면 탐스럽게 꽃을 피우는 수국. 이때가 아니면 다시 1년을 기다려야 한다. 이 고고한 수국을 보기 위해 장마철 제주 날씨의 변덕스러움도, 비싼 성수기 비행기 티켓 값도 감수하며 비행기에 오른다.

수국의 매력을 제대로 알게 된 건 그리 오래되지 않았다. 몇해 전, 일 때문에 몇 달간 제주에 내려가 산 적이 있다. 그 시절에 지겹도록 수국을 봤다. 사무실을 나서면 말 섞을 사람 하나 없는 외로운 섬 생활, 동네 어귀나 자동차가 쌩쌩 달리는 도로변, 손바닥만 한 귀퉁이에도 흙이 있으면 자라나는 수국을 찾는 재미로 살았다. 수국은 여러 개의 작은 꽃송이가 커다란 공 모양으로 뭉쳐서 핀다. 부케 같기도 하고 솜사탕 같기도 하다. 탐스러운 여름 수국을 보고 있는 것만으로도 외로운 육지 것(제주 토박이들이 뭍에서 온 사람을 하대해서 부르는 말)의 헛헛한 마음이 꽉 찼다.

　수국은 자세히 보면 볼수록 신기한 꽃이다. 멀리서 보면 분명 자줏빛인데 눈을 가까이 대면 흰색, 분홍색, 연두색, 노란색, 보라색 등이 뒤섞여 있다. 처음 필 때는 노란색이 도는 흰색이었는데 점차 푸른색이 되고, 며칠 사이 점점 붉은색이 올라오더니 아예 자주색으로 변하기도 한다.

　그 이유를 검색해 보고서야 '토양의 산도' 때문이라는 걸 알았다. 뿌리 내린 땅의 성분이 알칼리성이면 붉은색이 진해지고, 산성이면 푸른색이 진해진다. 이런 특성에서 수국의 꽃말 '진심과 변덕'이 유래했다고 한다. 그래서 제주 사람들은 수국을 도체비낭(도깨비나무)이나 도체비고장(도깨비꽃)이라고 부른다. 이 말에는 변덕이 심한 제주 도깨비의 마음과 닮았다는 뜻이 담겨 있다. 이 신묘한 수국의 매력에 빠진 육지 것은 이른 여름만 되면 다시 제주로 가 종달리며 송악산 둘레길, 사계리 등 수국으로 이름난 길을 찾아다닌다.

악착같이 살던 시절이 있었다. 아등바등 살았지만 자칫 잠시 정신을 놓으면 튕겨 나가거나 밑바닥으로 굴러떨어지곤 했다. 그때마다 꼭 경쟁에서 낙오되고, 인생이 실패했다고 낙인 찍힌 기분이었다. 소위 남들 다 하고 갖는 것도 어느 하나 하지도, 갖지도 못했다. 때가 되면 졸업을 하고, 결혼하고, 아이를 낳고, 집을 사는 삶과 점점 거리가 멀어지는 게 불안했다. 무능한 나 자신을 미워했고, 더 달리라고 다그치고 채찍질했다.

제주에서 여름을 보내면서 수국이 피고 지는 모습을 지켜보며 생각이 달라졌다. 흰 수국은 청순해서 예쁘고 노란 수국은 귀여워서 눈이 간다. 하늘색 수국은 청초해서 사랑스럽고 보라색 수국은 신비로워서 아름답다. 같은 땅에서 자라도 다른 색 꽃을 피워 내는 수국을 볼 때면 내 주변 사람들의 얼굴이 하나하나 스친다. 분명 같은 시대, 같은 공간에서 숨 쉬고 있지만 어느 하나 똑같은 모습으로 사는 사람이 없다. 수국처럼 어떤 땅을 딛고 서 있느냐에 따라 각기 다른 성향의 사람으로 자란다.

같은 부모라는 뿌리에서 태어났지만 우리 사 남매의 성향은 같은 듯 다르다. 겨울 출생인 큰언니와 나는 내향형이고, 여름 출생인 작은언니와 남동생은 외향형이다. 같은 학교, 같은 학과, 같은 학번의 동창 중에서도 은행에 다니는 친구가 있고, 사업을 하는 친구가 있고, 전업주부가 된 친구가 있고,

글을 써서 먹고사는 나도 있다. 사회 초년생 시절, 함께 일을 시작한 업계 동기들도 이제 각자의 노선을 달리고 있다. 종목을 바꾼 사람도 있고, 여전히 그 필드에서 전력 질주 중인 친구도 있다.

사람의 인생도 수국처럼 각기 다른 색깔로 피어난다. 같은 뿌리에서 태어났다 해도, 같은 출발점에서 시작했더라도 사람마다 목적을 이뤄 가는 과정도, 결과도 다르다. 우리는 결코 똑같은 색깔의 꽃을 피워 낼 수 없다. 그러니 비교할 필요도 없고 조급해하지 않아도 괜찮다. 수국처럼 오롯이 나만의 색깔을 담은 꽃을 피우는 때가 언젠가 올 테니 느긋하게 기다리자고, 조급함으로 가득 찬 나를 다독인다.

우리는 결코 똑같은 색깔의 꽃을 피워 낼 수 없다.
그러니 비교할 필요도 없고
조급해하지 않아도 괜찮다.
수국처럼 오롯이 나만의 색깔을 담은 꽃을 피우는 때가
언젠가 올 테니 느긋하게 기다리자고,
조급함으로 가득 찬 나를 다독인다.

한쪽으로만 기울어진 ⋯⋯⋯⋯⋯⋯⋯⋯

⋯⋯⋯⋯⋯⋯⋯ 시소 타기는 재미없지

어린 시절, 놀이터에 가면 제일 먼저 달려가는 곳은 다름 아닌 시소였다. 고소공포증이 있는 쫄보의 까다로운 기준을 통과한 몇 안 되는 안전한 놀이기구. 손잡이만 꽉 잡고 있으면 떨어질 일도 없고, 떨어져 봤자 푹신한 모래 바닥이었다. 또 체급이 다른 사람과 타더라도 내가 뒤쪽으로 물러나고 상대방이 앞쪽에 앉거나, 그 반대로 앉으면 적절한 균형을 맞춰 즐길 수 있었다. 고작 1m 남짓이지만, 어렸던 그 시절에는 하늘에 오르는 기분이 어떤 건지 잠시나마 느낄 수 있었다. 시소를 타고 오르락내리락할 때마다 세상의 높이가 달라지는 신세계를 경험했다.

놀이터에 발길을 끊은 지 오래됐지만 어른이 되어서도 매일 시소를 탄다. 인간관계, 사회생활, 사랑, 업무, 페이 협상, 미래까지. 하다못해 시장에서 콩나물 한 줌을 살 때도 프로 흥정러인 상인과 함께 시소에 오른 기분이다. 주도권을 두고 오르락내리락하며 치밀한 계산과 눈치작전이 이어진다.

심리전, 신경전에 취약한 나는 늘 상대방을 올려다봤다. 상대방의 마음보다 내 마음이 무거워서였을까? 묵직한 마음은 나를 가라앉게 만들었고, 내가 내려앉는 만큼 상대는 높은 곳에서 나를 내려다봤다. 내 상태가 바닥일 때는 건너편에 앉은 사람이 하늘을 향해 솟구치는 모습이 마냥 부럽기만 했다.

생각해 보니 내 인생이 재미없고 갑갑한 이유는 바로 여기에 있었다. 시소라는 놀이기구가 주는 즐거움의 핵심은 때로는 올라가기도, 때로는 내려가기도 할 때 생긴다. 하지만 나는 늘 모래 먼지 폴폴 날리는 땅에 발을 딛고 있었다. 당연히 답답하고 지루하기 짝이 없었다. 나는 하찮고, 건너편 높은 자리에서 즐거움을 만끽하고 있는 상대방은 크고 대단해 보였다.

그렇다고 선뜻 발을 뗄 용기는 없었다. 발을 뗄 때는 그 순간, 내 몸은 분명 하늘로 솟구칠 것이었다. 평생 땅에 발을 딛고 살아온 소심한 쫄보에게 그건 공포 그 자체였다. 모험과 도전은 짜릿하지만 두렵고, 안전은 편하지만 지루하다. 분명 내가 택한 건데도 억울함이 울컥 차올랐다.

'이건 무서워서 싫고, 저건 지루해서 싫고. 뭐야? 그래서 어쩌라고?'

이대로 평생 분하고 억울한 마음을 품고 살 순 없었다. 거울 속에서 점점 못생겨지는 나를 발견했기 때문이다. 마음은 얼굴에 그대로 드러난다. 부정적인 마음은 불만 가득한 얼굴을 만들었다. 누구든 뽀족하게 흘겨보는 가자미눈, 심술 가득한 볼, 원망 가득한 삐죽한 입까지. 더는 두고 볼 수가 없었다. 얼굴에 책임을 져야 하는 시기가 코앞이었다. 타고난 미인과는 거리가 멀지만, 악취 풍기는 인상을 만들고 싶진 않았다.

그동안 시소에 대해 무심하게 넘겼던 사실이 하나 있다. 시소 타기의 즐거움은 무거운 쪽이 쥐고 있다는 것. 발을 땅에 딛고 있는 사람이 마음먹고 발을 떼는 순간, 아래에 있는 사람은 하늘 위로 솟구치고 상대방은 땅으로 고꾸라질 수 있다. 공중에 떠 있는 사람이 아무리 발버둥쳐도, 무거운 쪽이 마음을 먹지 않으면 평생 땅에 발이 닿을 수 없다. 사는 건 마음먹기에 달렸다는 말, 그건 진리였다.

내가 가볍게 마음을 먹으니 발을 떼는 건 생각보다 쉬웠다. 내 성격에 주저주저하다가는 평생 발을 못 뗄 게 뻔했다. 크게 호흡을 몰아쉬고 단번에 발을 뗐다. 어? 생각보다 나쁘지 않았다. 이때부터 뭐든 묵직한 의미를 두고 진지하게 생각하고

거울 속 자신의 모습이 마음에 들지 않을 땐,
153쪽의 글을 읽어 보길 바랍니다.

신중하게 행동했던 일들을 그만뒀다. 대신 '뭐, 아니면 말고'라는 전제를 붙여 가볍게 시도했다.

내 취향이 아닌 음식도 먹어 보고, 내 스타일이 아닌 사람도 만나 보고, 내 관심사가 아닌 액티비티도 도전했다. 내가 이런 말을 하면, 이런 행동을 하면 상대방이 어떻게 생각할까? 나를 어떻게 평가할까? 더 이상 연연하지 않았다. 마음을 쌓아 두지 않고 표현했다. 말을 아끼지 않고 드러냈다. 그러다 보니 가슴 깊은 곳에 켜켜이 쌓였던 울분이나 억울함이 눈 녹듯 사라졌다. 말과 마음을 담아 두지 않으니 원망과 오해가 쌓일 틈이 없었다.

오랜만에 만나는 지인마다 하나같이 하는 말이 있다. "얼굴이 편안해 보여요." 그전보다 어느 하나 나아진 것 없는 재방송 같은 날들이다. 그런데도 얼굴에 평온한 기운이 자리 잡은 비결은 단순하다. 인생이라는 시소를 타는 것에 두려워하는 마음을 버리고 즐기기 시작했다는 것. 때로는 올라갈 수도, 때로는 내려갈 수도 있다는 걸 인정하게 된 것이다. 그래서 내일이 기다려지고, 그 내일을 시작할 아침을 빨리 맞이하기 위해 좀 더 일찍 잠자리에 들게 됐다. 걱정과 고민으로 까만 밤을 알알이 채우던 오랜 불면의 밤이 그렇게 끝났다.

마음도

1/N 하세요

　한때 내게는 지독한 병이 하나 있었다. 일명 '쉰네병'. 상대방이 불편을 겪기 전, 알아서 미리 장애물을 제거하는 일종의 을병이자 하인병이다. 식당에 가면 누가 시키지 않아도 먼저 숟가락을 꺼내고 물을 따랐다. 여럿이 모여 커피를 주문할 때는 얼른 메모장 앱을 켜서 카페 직원인 양 주문을 받았다. 내 손이 가장 바빠지는 순간은 역시 고기를 구울 때였다. 고알못(고기를 알지 못하는 사람)들이 손을 댔다가 귀한 고기를 망치는 게 싫어 집게를 들고 불판 위의 지휘자가 되기를 자청했다. 내 몸이 좀 귀찮고, 내가 손해 보거나 희생하더라도 상대방이 좋아하면 나도 좋았다. 그렇게 하면 좋은 사람이 되는 줄 알았다. 어리석게도.

그런데 이상했다. 내 배려는 어느새 당연해졌고, 나는 주인님을 살뜰히 보필하는 '쇤네'가 됐다. 남들은 "네가 늘 했으니까", "네가 잘하니까"라는 말로 내가 베푼 선의를 마땅히 해야 하는 임무 정도로 여겼다. 마음속에서 왜 나는 늘 주기만 하는지, 배려받지 못하는지 점점 불만이 쌓였다. 기울어진 관계에는 자연스럽게 서서히 균열이 생겼다.

그럴 때 필요한 게 '1/N의 마음'이었다. 내가 이만큼 했으면 상대방에게도 1/N 정도의 몫은 나눠 줘야 한다. 못하니까, 답답하니까 자꾸만 내가 해 버릇하면 결국에는 그 일을 당연하게 하는 쇤네가 되고 만다. 고기를 못 굽는다고 집게를 독점할 게 아니라 상대방에게 제대로 굽는 방법을 알려 주고, 잘 구운 고기의 맛을 즐기는 기쁨을 나눌 필요가 있다. 고기 굽는 소질이 없다면 하다못해 소맥이라도 말게 하고, 상추와 쌈장이라도 가져오게 하는 역할을 나눠 줘야 한다는 말이다.

누군가가 어찌할지 몰라 헤맬 때, 내 몸과 마음은 한없이 불편해진다. 얼른 몸을 일으켜 그 불편을 해결하고 싶어진다. 하지만 1/N의 마음에 대해 알게 된 후부터는 꾹 참는다. 스스로 시행착오를 겪고 깨닫지 않으면 세상의 그 어느 것도 절로 얻을 수 없다. '배려'라는 이름으로 상대방이 응당 얻어야 할 삶의 경험을 내 선에서 자르고 빼앗는 일은 이제 하지 않는다.

1/N의 마음을 실천하면서 스스로 차곡차곡 쌓았던 내 안의 억울함은 자연스럽게 사라졌다. 처음 몇 번이 어렵지, 다음은 쉬워진다. 내가 손해 보더라도 더 줘야 마음이 편하다는 착각을 깼다. 내 안에서 'No 쉰네 선언'을 하면서 사람들과의 관계가 이전보다 확실히 편해졌다. 기대하지 않으니 실망하지도 않았고 불만이 쌓일 틈도 없었다.

혹 사람과의 관계 때문에 힘들거나 늘 나만 손해 보는 것 같아 억울한 마음이 들 때는 실천해 보자. 1/N의 마음을!

때로는 악역도 내 몫

어린 시절 즐겨 봤던 만화 영화를 어른이 된 후 다시 보면, 어릴 때는 보이지 않던 부분이 눈에 들어온다. 〈톰과 제리〉만 해도 그렇다. 어릴 때는 똑똑하고 날쌘 제리의 활약에 커다란 덩치의 톰이 속수무책으로 당할 때마다 통쾌했다. 하지만 어른이 되고 보니 약삭빠른 제리를 쫓다가 꼬리가 불타고, 프라이팬으로 얻어맞는 톰의 고통이 보였다. 톰은 악역의 대명사라는 수식어를 붙이기에는 여러모로 부족했다.

〈아기공룡 둘리〉에서는 오갈 데 없는 둘리 무리를 쫓아내려는 고길동 아저씨가 나쁜 사람인 줄 알았다. 하지만 어른이 되고 보니 나쁜 건 길동 아저씨 집에 염치없이 눌러앉은 둘리와 친구들이었다. 길동 아저씨는 하루아침에 집에 굴러 들어온 낯선 손님들을 (비록 구시렁거리긴 했지만) 모두 부양하는 품이 넓은 사람이었다. 밥벌이의 고달픔을 생각하면 그의 짜증이 이해된다. 어릴 때는 악역이라는 캐릭터에만 몰입했다면, 이제는 많은 부분이 생략됐을 악역의 탄생 배경과 진화 과정에 조금 더 관심이 간다.

나는 모두에게 좋은 사람이 되고 싶었다. 앞에서 웃던 사람들이 뒤돌아 내 욕을 하는 게 들리면 유리 심장을 가진 내가 와르르 무너질 게 뻔히 보였다. 남들을 위해서가 아니라 나를 위해 좋은 사람이 되려고 애썼다. 내가 들어서 기분 나쁜 말은 남에게도 하지 않았다. 내가 하기 싫은 일이라면 남에게도 떠넘기지 않았다. 내가 좀 손해를 보더라도 모두가 좋으면 좋은 거라고 여겼다. 악역을 맡기 싫어 쓴소리도 삼키고 남들이 꺼리는 궂은일도 떠안았다. 그러면 좋은 사람이 될 줄 알았다. 좋은 사람이라는 가면 뒤로 내 안의 흑염룡이 무럭무럭 자라는지도 모른 채.

사회생활을 하다 보면 원하든 원치 않는 악역을 맡을 때가 있다. 연차가 쌓이고 더 높은 직급에 올라갈수록 악역을 피하기란 점점 더 어려워진다. 이 불가능한 일이 가능한 줄 알고 나를 괴롭혔다. 하고 싶은 일과 해야 하는 일 사이에서 갈팡질팡했다. 몸에 맞지 않는 옷을 입고 마음에도 없는 말을 하는 게 거북했다. 몸과 마음이 따로 노니 당연히 탈이 났다. 인간관계에도, 마음에도 문제가 생겼다. 이런 과정을 겪으며 악역도 꾸준한 노력을 통해 만들어진다는 것을 깨달았다.

원래 세상은 내가 주는 만큼 돌려받는 정직하고 공평한 곳이 아니다. 내 딴에는 좋은 의도로 건넨 말도 누가 듣느냐, 어떤 상황에서 듣느냐에 따라 달라진다. 나를 좋게 보는 사람과 그렇지 않은 사람은 어디에나 존재한다. 내가 명동 한복판을 걷다가 브레이크 댄스를 춰도 나를 좋아하는 사람들은 '그럴 만한 사정이 있겠지' 하며 이해한다. 반면 똑같은 행동을 해도 나를 싫어하는 사람은 '얘가 미쳤나?' 하며 눈살을 찌푸리면서 손가락질하기 바쁘다. 그렇게 언제든, 누구에게든 난 돌아이 혹은 미친 사람이 될 수 있다.

악역은 선한 주인공을 무너뜨리고 짓밟기 위해 존재하는 줄 알았다. 하지만 그건 오해였다. 영화나 드라마에서 악역은 극에 긴장감을 불어넣고 주인공을 더욱 돋보이게 한다. 사회생활에서 악역은 일이 제대로 돌아가기 위해 꼭 필요한 존재다. 때로는 날 선 채찍으로 목표를 향해 달려가게 하는 원동력이 된다. 또 공공의 적이 되어 그 외의 사람들을 단단하게 뭉치도록 만든다. 우리는 해피엔딩으로 끝나는 따뜻한 동화가 아닌 뜨겁기도, 차갑기도 한 현실에 산다. '좋은 게 좋은 거지'라는 마인드만으로는 원하는 결과를 낼 수 없다. 조금 더 높은 곳에 올라서 보니 악역의 존재 이유에 대해 절실히 깨달았다. 누가 악한지는 중요한 게 아니었다. 중요한 건 결과였다. 결과가 좋으면 그게 선이고, 결과가 나쁘면 그게 악이다.

그래서 이제는 악역을 맡게 된다고 해도 피하거나 숨지 않는다. 기꺼이 독이 든 성배를 마신다. 악역도 이 사회에 꼭 필요한 역할이고 주인공 못지않게 중요함을 그 누구보다 잘 안다. 그들이 있어야 조직이 무리 없이 돌아가고 유지된다. 사회생활에 있어서 악인은 쓴소리를 내뱉고 조직원을 몰아치는 사람이 아니다. 진짜 악인은 '좋은 사람'이라는 가면 뒤에 숨어 남의 노력에 숟가락을 얹고 무임승차하는 사람들이다.

이왕 악역을 맡기로 했다면 호락호락하지 않은 악역이 되고 싶다. 이 구역의 제일가는 현명한 악역이 되고 싶다. 그래서 난 오늘도 힘과 위치로 짓누르는 게 아니라 존재 자체로 믿음과 신뢰를 주는 슬기로운 악역이 되기를 꿈꾼다.

이왕 악역을 맡기로 했다면
호락호락하지 않은 악역이 되고 싶다.
이 구역의 제일가는 현명한 악역이 되고 싶다.
그래서 난 오늘도 힘과 위치로 짓누르는 게 아니라
존재 자체로 믿음과 신뢰를 주는
슬기로운 악역이 되기를 꿈꾼다.

인생이 한결 쉬워지는

마법의 치트키

술과 말이 가득했던 시끌벅적 홍대의 밤. 이런저런 소재의 수다가 끊임없이 이어졌다. 어느덧 주제가 '당황'이란 단어로 흐르자 모두가 앞다퉈 서로에게 당황했던 순간을 얘기하기 시작했다. 후배 M은 몇 해 전, 나와 함께 갔던 일본 간사이 여행 때 일화를 주섬주섬 꺼냈다.

"선배가 그때 각자 혼자만의 시간을 갖자며 오사카 번화가 한복판에 나를 두고 도망갔지 뭐야? 그때 난 일본 여행은 물론 해외 자유 여행 자체가 처음이었는데."

사람들의 차가운 눈빛이 일제히 나에게 꽂혔다. M이 삽시간에 쏟아 낸 얘기만으로 나는 죽일×이 될 위기에 처했다. 당황한 내가 변명을 위해 다급하게 입을 떼려는 찰나, M이 말할 타이밍을 잽싸게 채갔다. 마치 이 분위기를 모두 예상했다는 듯 여유로운 토크 고수의 호흡으로.

"물론 나도 처음엔 '이 선배 뭐지?' 싶었지. 그런데 생각해 보니 9박 10일 일정 중 그날이 9일째였어. 내가 여행의 'ㅇ'도 모르는 하룻강아지이니까 예산 짜기, 일정 관리, 맛집 검색 등 모든 걸 선배 혼자 했거든. 거의 맞춤형 프라이빗 투어 수준이 었어. 지난 8일간 24시간 내내 선배가 여행 초짜 코도 닦아 주고, 먹여 주고, 재워 준 거야. 그 은혜도 모르고 '마지막 날은 각자의 시간을 갖자'는 선배의 통보에 당황했어. 그때까지 친하기는 했어도 선배에 대해 잘 몰랐던 거지.

선배랑 더 지내다 보니 알겠더라고. 선배는 평소에도 혼자 만의 시간이 필요한 사람인데, 내가 이기적이게 여행이라는 핑계로 24시간 내리 진드기처럼 붙어서 선배의 에너지를 쪽쪽 빨아 먹고 있었던 거야. 선배가 왜 지난 8일 동안 잘 지내다가 갑자기 각자의 시간을 갖자고 했는지 도무지 '이해'가 안 됐는 데 선배의 성향을 '인정'하니까 서운함이 싹 사라지더라고."

나는 그날의 일을 까맣게 잊고 있었다. M의 말을 듣고서야 알았다. 한결같이 밝던 M의 표정이 왜 그날 롤러코스터를 탄 사람처럼 오르락내리락했는지. M의 말이 끝나자 조금 전까지 불타오르던 내 귀도 서서히 원래의 색깔로 돌아왔다.

M은 나와 연차도 크게 차이 나고 나이 차이는 더 많은 후배다. 강아지처럼 늘 적극적으로 사랑 표현을 해 주는 사람이다. 반면 나는 고양이처럼 조용히 M의 일거수일투족을 옅은 미소를 품고 지켜본다. 강아지와 고양이처럼 성향은 다르지만, 연차와 나이를 초월해 오랜 우정을 이어 가고 있다. 정반대의 성향 때문일까? 나는 상상조차 못 하는 생각들을 해내는 M을 통해 종종 크고 작은 깨달음을 얻곤 한다.

이날도 마찬가지였다. '이해'하려고 하면 할수록 화가 났지만, 상대방의 성향을 '인정'하니 화가 수그러들었다는 M의 말. 커다란 징이 머리에 부딪힌 듯 그 말은 오래도록 내 머릿속에서 울렸다.

지난날, 나를 지독히도 괴롭히던 질문은 간단했다.

"나만 이상해? 나만 이해 못 해?"

내가 가진 상식으로는 이해가 안 되는 사람들이 세상에 넘쳐 났다. 어떻게든 그들을 이해하고 바꾸기 위해 애를 썼다. 그 불가능한 일을 해내기 위해 내게 주어진 보석 같은 날들을 소모했다. 많은 상처와 실패를 안고 나서야 알았다. 사람은 고쳐 쓰는 거 아니라는 걸. 그리고 이해는 어렵지만, 인정은 쉽다는 걸. 그 후부터는 '왜?'라는 물음표 대신 '그럴 수 있어!'라는 인정의 느낌표로 사람들을 대했다. 이해하려는 노력을 접고 인정하기 시작하니 꽈배기처럼 꼬이고 어려웠던 인간관계가 한결 수월해졌다.

세상에는 다양한 사람이 존재한다. 개그도 다큐로 받는 진지한 사람도 있고, 눈만 뜨면 무슨 장난을 칠까 궁리하는 사람도 있다. 눈보라가 몰아치는 겨울에도 맨발이 편한 사람도 있고, 핫팩 없이는 외출을 못 하는 사람도 있다. 이렇게 세상에는 나와 전혀 다른 성향을 가진 사람들이 존재한다. 그들을 이해하고 바꾸기 위해 에너지를 낭비할 필요가 없다. 그저 재빨리 인정하고, 아낀 에너지를 오롯이 나에게 쓰는 게 여러모로 이득이다.

왜 저렇게 생각하지? 왜 저렇게 말을 하지? 왜 저렇게 행동하지? 분노와 의문이 몽글몽글 피어날 때 M의 말을 떠올린다. 이해 대신 인정. 상대를 이해하려 애쓰기보다는 재빨리 생각의 방향을 바꾼다.

"그래! 그럴 수 있어. 나와는 다르지만 그런 사람도 있을 수 있어."

야구에서는 삼진 아웃으로 퇴장하기 전까지 타자에게 세 번의 기회가 주어진다. 그 기회 중 한 번, 배트에 공을 제대로 맞히면 출루할 수 있다. 홈런으로 한 번에 폼 나게 주루를 할 수도 있고, 재치 있는 번트로 베이스를 밟을 수도 있다. 하지만 세 번의 기회를 다 놓치면 점수는커녕 베이스 한 번 밟지 못하고 쓸쓸히 더그아웃으로 돌아가야 한다.

세 번의 기회는 야구에만 있는 게 아니다. 나에게 '3'이라는 숫자는 내 인내심을 시험하는 기준이다. 한두 번은 야박하고, 네 번은 에너지가 많이 든다. 그래서 딱 '세 번'의 기회를 준다. 나에게도, 상대방에게도.

첫인상, 첫 만남의 느낌만으로 상대를 판단하던 때가 있었다. 내 안에 데이터베이스가 쌓여 있지 않아 '직감'에 의존해 상대방을 단칼에 자르곤 했다. 겉으로 드러나는 단편적인 모습만 보고 그게 그 사람의 전부인 양 섣부르게 결론지었다. 주말마다 소개팅하던 시절, 음원차트 Top 100을 듣는다는 이유로 상대방의 애프터를 거절했다. 주선자에게는 음악조차 취향이 없는 사람과는 대화가 안 통할 것 같다는 말 같지도 않은 이유를 댔다. 그 당시 나의 세계는 간장 종지만큼 좁고 얕았다.

수년 전, 새 프로젝트에 들어갔을 때였다. 첫 회의 후 처음 보는 후배와 정리할 게 있어 사무실 근처의 카페로 향했다. 둘다 커피는 이미 하루 기준치를 초과해 마셨기 때문에 팥빙수를 시켰다. 난 평소 팥빙수는 옆구리 부분부터 조금씩 팥과 얼음을 섞어 가며 먹는 편이다. 그런데 후배가 팥빙수가 나오자마자 나에게 묻지도 않고 숟가락을 들어 휘적휘적 섞었다. 뭐라 말할 틈도 없었다. 내가 할 수 있는 건 망연자실한 얼굴로 곤죽이 된 팥빙수를 지켜보는 것뿐이었다. 하지만 겉으로 티내지는 못하고, 그저 처음 보는 후배의 취향이라고 생각했다. 대신 후배의 첫인상 역시 곤죽이 된 팥빙수처럼 엉망으로 각인됐다. 팥빙수 하나로 상대방에 대한 배려나 이해가 없는 친구라고 쉽게 단정 지었다.

성급한 일반화의 오류에 갇혀 상대방을 향해 벽을 쳤다.

하지만 지나고 보니 취향이 없다고 생각한 음원차트 Top 100 소개팅남은 지극히 대중적인 취향의 리스너였다. 마이너한 음악 취향이 있듯 대중적인 취향도 일종의 '취향'이었다. 내 의견은 묻지도 않고 팥빙수를 뒤섞은 후배는 단지 팥빙수를 섞어 먹는 걸 좋아하는 사람일 뿐, 그 누구보다 상대방에 대한 이해나 배려가 넘치는 사람이었다. 팥빙수를 먹는 방식의 차이였지 사람의 문제가 아니었다.

이제는 처음 본 상대방을 단번에 결론짓지 않는다. 첫인상, 첫 이미지가 만든 성급한 일반화의 오류가 있다는 걸 깨달았기 때문이다. 그간 범한 무수한 착오들은 고스란히 내 안의 데이터베이스로 차곡차곡 쌓였다. 사람을 잃기도 하고 뒤통수를 얻어맞기도 하면서 점차 데이터베이스는 탄탄해졌다. 그 덕분에 이제는 결론 내리기 전 세 번을 심사숙고한다. 처음은 실수일 수 있고 두 번째는 우연일 수 있다. 하지만 의도하든 의도하지 않았든 세 번 똑같은 결론이 난다면 답은 하나다. 그건 그 사람의 본성일 확률이 높다는 것. 세 번은 결코 실수일 수도, 우연일 수도 없다.

이제 막 일을 시작한 막내 후배를 불러 '세 번의 기회'에 대해 설명한 적 있다. 처음 면접 때 보인 성실함과 열정은 채 한 달도 지니지 않아 바닥이 났다. 잦은 지각, 거짓말, 무성의한

자료 조사 등 드러난 팩트만으로도 단독 면담 감이었다. 당시 근무 태도가 불량했던 막내에 대한 불만이 이곳저곳에서 쏟아지던 참이었다. 난 직속 선배로서, 프로젝트를 책임지는 사람으로서 기준을 정하고 경고를 할 의무가 있었다.

근무 태만을 이유로 첫 번째 경고를 했다. 지금은 원 아웃이고, 같은 이유로 두 번 더 경고를 받으면 자동으로 삼진 아웃! 사무실에서 즉시 퇴장이라고. 삼진 아웃 경고의 효과는 생각보다 빠르고 강력했다. 막내는 첫 번째 경고만으로도 정신을 차리고 자신의 역할을 해내고자 노력했다.

관계의 '삼진 아웃제'는 얼굴을 붉히지 않고도 상대에게 우아하게 경고하는 방법이다. 섣부른 판단으로 소중한 관계를 망치는 일을 방지하는 일종의 예방주사다. 다른 차원에서 살던 사람이 '인연'이라는 이름으로 새로운 관계를 맺기 시작한다면 서로의 시차에 적응하는 시간이 필요하다. 상대방에게도 나에게도 유예 기간을 두고 서로 맞춰 가는 물리적 시간을 들여야 한다. 이 시간을 얼마나 소중히 여기느냐에 따라 그 관계의 유효 기간은 달라질 것이다.

흰옷이라는

사치

어렸을 적 사진을 보면 나는 죄다 칙칙한 색깔의 옷을 입고 있다. 그나마도 큰언니에서 시작해 작은언니가 입고 작아져 물려받은 옷이 대부분이다. 자세히 보면 목은 늘어나 있고 여기저기 얼룩덜룩하며 해어져 있다. 그래서일까? 매일 공주님처럼 새하얀 타이즈에 흰 원피스를 입던 외동딸인 친구가 늘 부러웠다. 나에게 흰색 타이즈와 원피스 차림은 어쩌다 친척 결혼식장에 가거나 엄마의 유일한 직계 생존 혈육인 이모 집에 갈 때나 입을 수 있는 옷이었다.

아이 넷을 키우며 밤낮없이 장사를 했던 엄마에게 흰옷은 분명 사치였을 것이다. 지금처럼 성능 좋은 세탁기나 세제가 있던 시절도 아니었다. 게다가 깨끗한 옷을 입혀도 반나절이면 흙먼지를 뒤집어쓰고 올 게 뻔한 아이에게 흰옷을 챙겨 입힐 마음의 여유도 없었을 것이다. 어릴 때 흰옷을 자주 입지 않아서일까? 어른이 된 지금도 면으로 된 흰 티를 제외하면 흰옷에 쉽게 손이 가지 않는다. 언제 어디서 뭘 흘려 옷을 더럽히게 될지 모른다는 불안 때문이다.

이런 나와 달리 아무런 거리낌 없이 흰옷을 즐겨 입는 친구 B가 있다. 1일 1흘림이 일상인 친구다. 저녁 무렵 만난 B의 옷을 보면 오늘 하루 그 친구가 무엇을 먹었는지 단번에 알 수 있다. 그런데도 B는 늘 흰색이나 밝은색의 옷을 입는다. 흰옷을 입고 와서는 매번 뭔가를 흘리는 B에게 친구들이 "십시일반 돈 모아 턱받이 사 주자"라고 말할 정도다. 친구들의 뼈 있는 농담이 쏟아져도 절대 굴하지 않는 B는 다음 만남에도 흰옷을 입고 등장한다. 그리고 또 뭔가를 흘린다.

어느 날 음식을 먹다 흘린 B에게 물티슈를 건네며 물었다.

"그냥 어두운색 옷 입으면 편하지 않아?"

"응, 안 돼. 난 얼굴이 칙칙해서 어두운색 옷을 입으면 시멘트 빛이 돼."

흰옷은 반사판 효과가 있다. 밝은색 옷은 사람의 얼굴을 환하게 만든다. 그 효과가 마음까지 닿아 성격도 밝아지게 하는 걸까? B는 자신이 입는 옷 색깔처럼 그늘 한 점 없이 밝고 환하다. 매번 새하얀 옷에 얼룩덜룩한 흔적을 남기지만 굴하지 않는다. 옷을 망칠 게 두려워 흰옷을 피하는 나와는 다르다. 입고 싶은 흰옷을 마음껏 입고 대신 얼룩을 잘 지우는 기술을 가지고 있다.

반면 내 옷장에는 회색, 남색, 검은색 같은 단조롭고 어두운색 옷이 대부분이다. 옷에 얼룩이 생길까 겁나 흰옷, 밝은색 옷을 멀리한 결과다. 실수로 볼펜 잉크가 묻어도, 떡볶이 국물이 튀어도, 커피를 흘려도 크게 티가 나지 않을 옷이 대부분이다. 하지만 자세히 들여다보면 칙칙한 색으로 가려진 얼룩이 알게 모르게 많이 숨겨져 있을 것이다.

칙칙한 옷처럼, 감정도 표정도 드러나지 않은 칙칙한 얼굴 속에 마음의 얼룩을 품고 살았다. 상처라는 마음의 얼룩이 드러날까 봐 투명하고 맑은 얼굴 대신 방어하듯 딱딱하고 무덤덤한 표정으로 살았다. 상처를 들키는 게 두려워 속마음을 꼭꼭 숨기고 살았다.

쉽게 속마음을 드러내지 못하고 대신 '괜찮다'고 말했다. 괜찮다고 말하면 괜찮아질 줄 알았다. 그렇게 평생 괜찮다는 말 뒤에 비겁하게 숨었다. 자기 암시처럼 시작했던 괜찮다는 말의 자기방어는 되레 독이 되었다. 의도와 달리 내가 진정으로 괜찮은지 괜찮지 않은지 판단하는 감각을 무디게 만들었다. 분명 괜찮지 않은 상황인데도 무의식적으로 괜찮다고 말했다. 그렇게 쌓인 상처의 무게에 압사되기 직전, 그제야 정신이 들었다.

"몇 년을 봐 왔지만 네 속은 통 모르겠어."

가족도, 친구도, 연인도 다들 나에게 판에 박은 듯 똑같이 말했다. 한 사람이 아닌 여럿이 건넨 말이라면 한 번쯤 돌아볼 필요가 있다. 그렇게 문제를 발견했다면 당연히 고쳐야 한다. 나의 문제를 바로잡을 사람은 나뿐이다. 나는 용기를 내서 내 마음에 어떤 얼룩이 있는지 솔직하게 말했다. 나를 칠칠찮다고 생각하진 않을까? 혹시나 지저분하다고 여기진 않을까? 남들이 내가 가진 얼룩을 어떻게 볼까 두려워 꼭 닫아 두었던 입을 조심스럽게 열었다.

그런데 반응은 내 예상과 달랐다. 얼룩이 심하지 않으니 금방 지워질 거라고 다독여 주는 사람. 손수 써 보고 효과가 좋았던 얼룩 제거제를 건네는 사람. 직접 손빨래를 해 주는 사람. 새 옷을 사 주는 사람. 다들 내 마음의 얼룩을 지우기 위해 한마음으로 애썼다. 나의 작은 용기와 사람들의 따뜻한 마음 덕에 더 이상 칙칙한 표정 뒤에 비겁하게 숨지 않게 됐다. 스스로 쌓은 마음의 벽 때문에 생긴 짙은 그늘이 사라지면서 평생 괜찮다는 말 뒤에 비겁하게 숨었다.
쉽게 속마음을 드러내지 못했다.
괜찮다고 말하면 괜찮아질 줄 알았다.
자기 암시처럼 시작했던 괜찮다는 말의 자기방어는
되레 독이 되었다.

표정도 밝아졌다. 밝아진 표정에는 밝은 옷이 더 어울렸다. 자주 입던 무채색 옷에 손이 가는 횟수가 점점 줄어들었고, 어느샌가 옷장에 밝은색 옷의 지분이 점점 늘어났다.

쉽게 얼룩을 만드는 사람에게 흰옷은 사치라고 생각하던 시절이 있었다. 하지만 이제는 생각이 달라졌다. 부주의해서 얼룩이 생길까 두려워 밝은색 옷을 외면했던 날들을 떠나보냈다. 대신 얼룩이 생기면 바로 지웠다. 얼룩의 성질을 파악하면 비싼 돈을 들이지 않아도 지울 수 있다. 부주의함은 세심한 관찰력과 부지런함으로 커버할 수 있다. 감당할 수 없으면 버리고 새 옷으로 갈아입으면 그만이다. 어느새 나도 B처럼 점점 얼룩 지우기의 달인이 되었다.

흰옷을 입으면 얼룩이 생기는 건 피할 수 없다. 사는 것도 마찬가지다. 세상과 단절된 무균실에 살지 않는 한 살다 보면 당연히 눈물 자국도 남고 찌든 때도 생긴다. 얼룩을 피하고 숨기는 게 답이 될 수는 없다. 이제는 실수와 상처의 흔적들이 생길까 전전긍긍하는 대신 얼룩을 솔직히 드러내는 용기를 가득 안고 살기로 했다.

적 같네!

이놈의 세상

영화 〈하녀〉를 본 후 오랫동안 내 머릿속에서 지워지지 않은 대사가 하나 있었다.

"나한테 참 불친절해. 이놈의 세상."

금방이라도 바스러질 듯한 표정의 은이(전도연 분)가 툭 내뱉은 한마디. 그 건조한 대사가 송곳이 되어 가슴을 푹 찔렀다. 나 역시 나한테는 이토록 불친절한 세상이 남들한테는 한없이 친절한 것처럼 보였다. 다들 하고 싶은 일을 하면서, 차도 사고, 철마다 비행기 타고 날아가 휴양지 리조트에서 휴가를 보냈다. 때가 되면 가정을 꾸리고, 내 집 마련이 하늘의 별 따기보다 어렵다는 세상 속에서 집도 덜컥 샀다. 다들 큰 힘 들이지 않아도 술술 풀리는 것처럼 보였다.

반면 나는 아등바등하며 살아도 겨우 제자리였다. 떠밀려 가지 않으면 다행이었다. 20~30대 시절의 나는 언젠가 내게 올 해피엔딩을 기다리며 잠을 줄이고, 허리띠를 졸라매고 살았다. 그런데 아무리 일개미처럼 살아도 '베짱이의 계절'은 오지 않았다. 대단한 부나 권력을 가진 여왕개미가 되길 바란 것도 아니다. 그저 땡볕 아래에서 비지땀 흘리는 계절이 지나기를 바랐다. '언젠가 때가 되면 시원한 나무 그늘 아래에서 띵가띵가 기타를 퉁기는 베짱이의 여유가 생기지 않을까?' 하는 희망을 품고 꾸역꾸역 버텼다.

하지만 일개미의 운명을 타고난 내겐 욕심이었을까? 매번 기대를 저버리는 결과에 뒤통수를 세게 얻어맞았다. 〈하녀〉의 은이처럼 세상을 향해 내뱉지도 못하고 나만 들을 수 있는 목소리로 나지막이 읊조렸다.

"참 적 같네! 이놈의 세상!"

나를 둘러싼 모든 것이 싸워서 이겨야 할 적敵처럼 느껴졌다. 네가 이기나 내가 이기나 해 보자는 심정으로 물고 늘어졌다. 내 안의 미친 자를 소환하는 순간과 마주할 때면 '날 밟는 순간 널 찢어 버리겠다'는 자세로 전투력을 불태웠다. 하얗게 재가 되도록.

싸울 힘이 바닥나면 에너지가 차오를 때까지 한참 틀어박혀 웅크리고 앉아 있었다. 그곳이 내 방이든 바다 건너 호텔이든. 수면 아래에서 잠수 상태로 오래도록 충전했다. 시간이 갈수록 에너지가 바닥나는 건 순간인 반면 차오르는 속도는 점점 더뎌졌다. 싸우는 시간보다 충전하느라 멈춰 있는 시간이 더 많아졌다. 마치 사용할수록 효율이 떨어지는 닳고 닳은 휴대전화 배터리처럼.

빛도 들지 않는 캄캄한 수면 아래에 웅크리고 앉아 생각했다. 내가 세상을 적으로 봤으니 세상도 날 적으로 대한 건 아닐까? 그렇게 생각하니 발악이든 투쟁이든 방관이든 회피든 '적 같은' 결과를 만드는 데 내 지분도 있다는 걸 깨달았다. 세상은 싸워서 이겨야 할 대상도 아니고, 피한다고 피해지는 존재도 아니었다. 뻐딱한 일개미는 그제야 세상을 향한 불만을 지웠다. '열심'이라고 착각했던 악착같음을 내려놓았다.

세상의 정답은 성공 아니면 실패, 두 가지만 존재하는 게 아니었다. 성패 말고도 내 인생을 담을 수 있는 그릇은 다양하다. 비로소 이 사실을 깨달은 난 나에게 어울리는 그릇을 찾아가는 중이다. 그 과정에서 힘에 부칠 때마다 떠올리는 말이 있다. 이 한마디면 바닥난 에너지가 다시 채워진다.

"뭐든 내가 건네는 만큼 돌려받는다. 사람도, 세상도."

베짱이의 배신

이 글을 쓰면서 불현듯 베짱이 이름의 유래가 궁금해졌다. 남들이 어떻든 하고 싶은 대로 사는 배짱이 두둑해서 베짱이라는 이름이 붙지 않았을까? 막연하게 생각했다. 그런 나에게 베짱이는 신선한 배신감을 안겼다.

베짱이 이름에는 여러 설이 있다. 베짱이가 '쓰으-쌕, 쓰으-쌕' 하고 우는 소리가 마치 베틀에서 베 짜는 소리와 비슷해서 붙여진 이름이라는 주장이 유력하다. 그러고 보니 표기도 '배'짱이가 아니라 '베'짱이다. 베짱이에 대해 단단히 오해했다. 베짱이는 게으름의 아이콘이 아니라 성실의 아이콘에 가까웠다. 내가 생각한 의미와는 정반대이지만 어쨌든 난 베짱이처럼 살고 싶다.

딱

0.5cm 차이

일본 삿포로 여행의 마지막 밤. 난 한쪽 벽면이 형형색색 운동화로 도배된 거대한 스포츠 브랜드 매장에 있었다. 한눈에 다 들어오지 않을 만큼 다양한 종류의 운동화가 손님들의 선택을 기다리고 있었다. 평소 남들이 해외 여행 기념품으로 냉장고 자석이나 면세점 위스키를 살 때 나는 운동화를 샀다. 한국에는 없고 현지에만 있는 디자인으로. 그날 내 레이더망에 들어온 건 심플한 검정 러닝화였다. 형광 코럴 컬러의 브랜드 로고가 눈에 확 띄었다. 직원에게 평소 신는 235mm 사이즈가 있는지 물었더니 현재 이 매장에는 재고가 없어서 따로 주문해야 한다고 했다. 당장 내일 한국으로 돌아가야 하는 여행자에게 기다릴 여유는 없었다.

결정해야 했다. 사이즈에 맞는 다른 운동화를 살 것인가? 포기할 것인가? 나는 마음에 들지 않는 운동화의 운명을 안다. 찜찜한 마음으로 데리고 가 봤자 세상 빛도 몇 번 보지 못하고 신발장 안에 감금될 게 뻔하다. 그러다 몇 년 후 뽀얗게 뒤집어쓴 먼지만 겨우 털어 재활용 수거함에 들어갈 것이다. 그건 나에게도, 운동화에게도 못할 짓이다.

미간을 찌푸리며 고민하던 내게 직원은 마침 동일 디자인으로 230mm 사이즈가 있다며 안내했다. 혹시나 하고 신어 봤는데 크게 불편하지 않았다. 겨우 0.5cm 차이인데 뭐 얼마나 불편하겠어? 미션을 클리어했다는 기쁨을 안고 시원하게 카드를 긁었다. 사이즈는 아쉽지만 어쨌든 새 운동화를 품에 안고 최후의 만찬을 위해 예약해 둔 초밥집으로 향했다. 그렇게 새 운동화는 여행 마지막 날 내게로 왔다.

무사히 한국으로 돌아온 후 새 운동화와 친해질 시간을 가졌다. 새 신을 길들이기 위해 집 근처 산책로를 걷는데 이상했다. 분명 살 때보다 얇은 양말을 신었는데도 자꾸만 신발 앞코에 엄지발톱이 콕콕 닿았다. 모든 신경이 발끝에 모아졌다. 분명 답답한 건 발인데 숨이 턱 막혔다. 식당 예약 시간에 쫓겨, 재고가 없다는 직원의 말에 쫄려, '겨우 0.5cm 차이인데?'라는 안일한 생각이 만든 결과였다.

고작 0.5cm 작았을 뿐이지만 내 발에 맞지 않았다. 매장에서 신었을 때 그 잠깐의 시간은 견딜 수 있었지만 온종일 신기에는 작았다. 몇 번 시도했지만 역시나 단 0.5cm 작을 뿐인 운동화는 발과 머리에 피로감을 가득 안겼다. 결국 그 운동화는 몇 번 신지도 못하고 230mm 발 사이즈를 가진 지인의 품으로 떠났다.

우리를 불편하게 하는 건 크고 대단한 게 아니다. 고작 0.5cm 작은 운동화처럼 말이다.

예쁘고 날씬해 보이기만 한다면 몸을 조이거나 활동이 불편한 옷과 신발을 감수하던 시절이 있었다. 내 몸에 어떤지보다 남들에게 어떻게 보일지가 중요했다. 좀 끼는 듯 불편해야 라인이 살고 예쁘다고 생각했다. 남들에게 예쁘고 날씬하게 보이도록 입어야 하는 게 당연한 줄 알았다. 하루에 왕복 세 시간을 꼬박 대중교통에 몸을 실어야 하는 경기도민의 숙명 따위 개의치 않았다. 입고 나면 다리에 박음질 자국이 그대로 남는 스키니진을 입고 킬힐을 신고서는 어기적어기적 지하철 계단을 오르내렸다. 제대로 숨 쉬기도, 걷기도 힘든 옷과 신발이 원래 내 피부인 양 입고 다녔다. 그러던 어느 날, 문득 이런 생각이 들었다.

'그동안 남들의 기준에 나를 끼워 맞추려고 얼마나 애쓰며 살았던 걸까?'

이전보다 몸 사이즈에 큰 변화가 있는 건 아니다. 하지만 이제는 불편한 옷과 신발에 내 몸을 구겨 넣지 않는다. 몸의 사이즈가 아니라 경험과 마음의 사이즈가 변했다. 옷과 신발이 아무리 예쁘다 해도 불편이 느껴지면 더 이상 손이 가지 않는다. 실적, 성과, 나이, 돈, 인간관계 등 나를 압박하는 건 충분히 차고 넘친다. 옷과 신발마저 날 조이게 둘 수 없다.

제일 중요한 건 나다. 내 몸과 마음의 건강을 해치는 아름다움이 무슨 소용일까? 내 몸의 불편함을 감수할 만큼 월등히 아름다운 건 없다. 예쁘고 아름다운 건 남들의 기준에 맞춰 몸의 라인이나 굴곡을 드러내는 게 아니다. 단 0.5cm 차이라도 내가 불편하면 단호하게 "No"라고 말할 수 있는 건강한 몸과 마음. 그 '꼬이지 않은 당당함'이 나를 더 아름답게 만든다.

극복할 수 없다면 ⋯⋯⋯⋯⋯⋯⋯⋯⋯

⋯⋯⋯⋯⋯⋯⋯⋯ '인정'이 답

한때 나를 괴롭힌 건 다른 사람들은 다 아는데 나만 모르는 순간이었다. 몇 해 전 A 프로젝트를 할 때였다. 팀원들은 이미 지난 시즌에 함께 손발을 맞춰 본 사람들이었다. 다들 눈 감고도 술술 일을 진행했다. 별도의 설명이나 보고도 없이 때가 되면 알아서 착착 일이 돌아갔다.

그 팀에서 유일하게 새로 투입된 인물이 나였다. 가뜩이나 적응하는 데 시간이 필요한 성향인 난 일을 파악하고, 사람들이 일하는 속도를 쫓아가는 게 벅찼다. 달리기 시합을 하는데 나만 출발선 100m 뒤에 서 있는 기분이었다. 아무리 발버둥질해도 100m의 차이를 극복하기 어려웠다. 켜켜이 쌓인 시간의 두께는 내가 조금만 더 노력하면 뛰어넘을 수 있을 거라 생각했다. 하지만 그건 불가능했다. 프로젝트가 끝날 때까지 결코 줄어들지 않는 그 틈이 날 괴롭혔다.

　반대인 입장일 때도 있었다. B 프로젝트를 진행할 때의 일이다. 힘에 부쳤던 B 프로젝트를 완주할 수 있었던 결정적 이유는 후배 S와 M이 있었기 때문이다. 퇴근 후 맥주와 먹태를 곁들여 일의 기쁨과 슬픔을 함께 나누는 시간이 있었기에 버틸 수 있었다. 프로젝트 후반부, 술이 얼큰하게 취한 M은 그간 나와 S가 너무 친해 샘이 났다고 고백했다. 별말을 하지 않아도, 설명을 붙이지 않아도 알아서 착착 일과 마음을 주고받는 게 부러웠다고 했다.

　여기서 잠깐. 우리의 관계를 짧게 설명하자면 나와 S는 이미 몇 번 프로젝트를 함께한 사이다. 일을 하지 않아도 시간을 쪼개 만나는 절친이다. 반면 M은 이번 프로젝트를 통해 처음 알게 됐다. 상황만 보면 나와 S 사이에 M이 끼게 된 것이다. M의 마음이 어떨지 이해된 난 슬며시 웃으며 말했다. "그래, 맞아. 서운할 수 있어. 이해해. 근데 나랑 S는 알고 지낸 시가 벌써 10년이 다 되어 가. 그 오랜 시간을 한 번에 뛰어넘긴 힘들지. 서운할 수는 있는데 그걸 네가 인정하지 않으면 괴로울 거야."

　내뱉어 놓고 피식 웃음이 났다. 불현듯 A 프로젝트를 할 때

매일 머리를 감싸고 괴로워하던 내 모습이 떠올랐기 때문이다. 그때 내가 누군가에게 들었어야 할 말을 아무렇지도 않게, 대단한 현자라도 된 듯 M에게 말하고 있었다.

그때는 몰랐다. 내가 뛰어넘고자 그토록 애썼던 시간의 두께는 애초에 뛰어넘을 수 없는 존재였다는 걸. 인정하면 쉽고 편한데 포기하는 것 또는 지는 것처럼 느껴졌다. 이제야 지면 좀 어떤가 싶지만, 그때는 그런 생각을 못 했다. 마음의 여유가 없었다. 내가 달려가야 할 피니시 라인은 정해져 있었고, 남들은 이미 한참 전에 출발했다. 멀어진 거리를 좁히기 위해 마음이 조급했다. 조급함은 실수를 낳았고, 실수는 나를 더 쪼그라들게 했다.

안 되는 게 있으면 되게 하는 시대는 지났다. 안 되는 건 안 되는 대로 두고, 되는 걸 하면 된다. 내 힘으로 어찌할 수 없는 시간의 두께를 어떻게든 극복하려고 애쓸 필요가 없다. 쿨하게 인정하고 넘어가야 한다. 대신 내가 할 수 있는 것에 집중하는 게 필요하다. 그래서 내 능력 밖의 일을 끌어안고 노심초사하며 나를 갉아먹는 짓은 이제 더 이상 하지 않는다.

왜 그 나무엔
벚꽃이 피지 않았을까?

4월 중순, 집 근처 산책로에 줄지어 늘어선 벚나무는 하나둘 하얀 꽃잎을 떨궜다. 그 사이사이 연둣빛 어린잎이 돋아나기 시작했다. 벚꽃 시즌도 어느새 저물어 가고 있다.

산책로 중간에는 오래된 로스터리 카페가 하나 있다. 근처 아파트 단지 주민들이 사랑하는 벚꽃 명당 중 하나다. 테라스에 앉아 늘어선 벚나무를 감상하며 향 좋은 커피를 홀짝일 수 있는 곳. 그런데 그 카페 앞의 나무 두 그루는 유독 더디게 꽃을 피웠다. 벚꽃이 활짝 만개할 때도 그 나무에는 꽃봉오리조차 맺히지 않았다. 화려하게 만개한 봄꽃들 사이, 메마른 가지만 뻗어 있는 두 나무가 오히려 더 눈에 띄었다. 이유가 뭘까 궁금해 오며 가며 조금 더 세심하게 나무를 지켜봤다.

동물이 때가 되면 털갈이하듯, 벚나무의 꽃잎이 다 떨어지고 새잎이 돋아나는 어중간한 그 시기. 그제야 카페 앞 나무는 뒤늦게 하나둘 꽃망울을 터뜨리기 시작했다. 하얀 꽃이 피어날 줄 알았던 나무에서 벚꽃 잎보다 한층 진한 분홍색 꽃이 빼꼼 고개를 내밀었다. 다른 벚꽃들이 다 떨어진 후여서 더 눈에 들어왔다. 고만고만한 벚나무 사이에서 좀 늦되는 녀석인 줄 알았다. 뒤늦은 출발을 응원하는 마음으로 새로 피어나는 꽃들을 천천히 살폈다. 그런데 꽃잎의 생김새도 개수도 뭔가 달랐다. 뒤늦게 피어난 그 꽃은 벚꽃이 아니었다.

호기심을 참지 못하고 스마트폰으로 사진을 찍어 이미지 검색을 했다. 여러 번 확인했지만 매번 다른 꽃 이름이 나왔다. 정확한 이름을 알 순 없었지만 확실한 건 벚꽃을 피우는 벚나무와는 전혀 다른 종種이었다. 죽 늘어선 벚나무들 사이에 있으니 당연히 벚나무일 거라 생각했다. 하지만 알고 보니 주변의 벚나무들에 비해 늦되는 녀석이 아니라 원래 자신의 속도대로 꽃을 피운 것이었다.

나도 그런 때가 있었다. 솜사탕 같은 벚꽃을 피우는 벚나무 사이에 있으니 당연히 나도 보드라운 벚꽃을 피울 줄 알았다. 하지만 다른 벚나무들은 꽃을 활짝 피우고 있는데 나의 나뭇가지는 여전히 메말라 있었다. 불안했다. 꽃이 없으면 당연히

열매도 맺을 수 없다. 영영 꽃 한 번 피워 보지 못하고 이번 생이 지나가는 건 아닐까? 열매 한 번 맺지 못하고 이대로 말라 비틀어 죽는 건 아닐까? 막연한 두려움에 휩싸여 수많은 날을 고민과 걱정으로 꽉꽉 채우곤 했다.

크고 대단한 사람들 사이에 있으면 나도 그런 사람이 되는 줄 알고 따라 하기 바빴다. 어울리지 않는 옷을 입고, 입에 맞지 않는 음식을 먹고, 남들의 생각과 말을 흉내 내며 크고 대단한 사람들과 어울리려 애썼다. 하지만 '황새 따라 하는 뱁새 놀이'는 오래가지 못했다. 금세 나라는 인간의 재질을 들키고 말았다. 크고 대단한 사람들 사이에 있어도 나는 순두부 멘탈에, 작은 소리에도 심장이 쿵 내려앉는 소심한 인간일 뿐이었다. 그걸 인정하고 나니 나를 향한 불만과 원망이 사르르 사라졌다. 그 편안한 마음은 행동으로 나타났고 기대했던 결과로 돌아왔다.

분명 종류가 다른데 그걸 모르고 살았다. 하루하루 지나고 한 살 한 살 먹으며 나라는 사람의 종류와 본질에 대해 알아 가고 있다. 품종이 다르면 꽃이 피는 시기가 다르고, 그러니 당연히 열매를 맺는 때도 다르다. 보통의 속도는 평균의 속도일 뿐 나의 속도는 아니었다. 어쩌면 나의 가치가 만개할 시기는 다른 사람들보다 좀 더딜 수 있다. 그걸 인정하고 나니 나의

'개화 시기'를 마음 편하게 기다릴 수 있게 됐다. 그래서 내게 주어진 날들을 원망과 불안이 아닌 크고 작은 기쁨으로 채우며 느긋하게 '나의 때'를 기다리는 중이다.

··· 마흔에도 ···········

·············· 진로 고민을 하고 있을 줄이야

최근에 후기를 쓰는 일이 종종 생겼다. 평소 온라인에서 물건을 살 때, 후기는 참고하지만 직접 후기를 작성하는 편은 아니었다. 하지만 지인 혹은 지인의 지인들이 하나둘 개인 사업의 길로 뛰어들면서 상황이 달라졌다. 새 출발을 응원하는 마음을 가득 담아 상품을 구매하고 사용한 후 정성을 채워 후기를 쓴다. 그 후기가 누군가의 구매에 결정적인 역할을 하길, 그래서 매출에 도움이 되길 바라며.

아끼는 후배 B의 부모님께서 닭갈비집을 오픈하셨다. 딸인 B는 본업이 있지만 아무래도 온라인 마케팅에 어두울 수밖에 없는 부모님을 대신해 팔을 걷고 나섰다. 어느 날, 절친 C는 친구가 온라인에서 사주풀이 상담을 개설했다며 메시지를 통해

홍보했다. 선생님이었던 C의 친구는 결혼 후 한동안 아이를 키우다가 사주·역학 공부에 흥미를 느꼈다고 한다. 차근차근 공부해 아이가 어느 정도 크자 온라인 상담 플랫폼을 통해 본격적으로 시작하게 됐단다. 또 다른 후배의 초등학교 동창인 D는 대기업의 연구원이다. 하지만 자신과 같은 오토바이 덕후를 위한 유튜브 채널을 만들어 활동하는 게 꿈이다. 빠듯한 직장 생활 중 시간을 쪼개 차근차근 오토바이 관련 채널 개설을 준비 중이다.

평생직장은 유니콘이 된 시대. 다들 부지런히 인생 제2막을 준비하고 있다. 학창 시절이나 취업을 준비하던 때에는 직장에만 들어가면 뭐든 다 할 수 있으리라 생각한다. 퇴근 후에는 자기 계발을 하고, 주말에는 여행도 다니면서 에너지를 채우고 사람답게 살 수 있을 거라 상상한다.

하지만 현실은 출근길부터 머리를 쥐어뜯으며 퇴근 혹은 퇴사를 꿈꾸는 게 일상이다. 업무 시간엔 몰아지는 일에 영혼과 육체가 갈린다. 정시 퇴근 혹은 주 52시간 근무는 뉴스나 드라마에서나 가능한 일이다. 바닥까지 탈탈 털려 껍데기만 남은 몸이 향하는 곳은 지옥철이다. 겨우 집에 도착하면 손가락 하나 까딱할 힘이 없어 소파에 널브러진다. 자기 계발은 머릿속에서만 맴맴 돌고, 여행은 팔자 좋은 사람들의 신선놀음이다.

그럴 시간에 1분이라도 더 자고 싶은 게 현실이다. 그렇게 하루가 가고 한 달이 가고 1년이 간다.

정신 차리고 주변을 돌아보면 동기들은 각자 자기 살길 찾아 하나둘 회사를 떠난 지 오래다. 회사에 붙어 있어 봤자 잘 풀리면 임원이 되는 거겠지만, 현실적으로 가능성은 희박하다. 끈질기게 버틴 내 미래가 능력도 눈치도 개념도 없는 월급 루팡 과장(부장)이라 상상하면 소름이 끼친다. 이대로 조직의 소모품이 되어 닳고 닳도록 일하다 쓸모가 없어지면 쓰레기통에 버려지는 건 아닐까? 섬뜩한 생각이 밀려든다. 그 순간, 정체된 내 인생에 돌파구가 필요하다는 걸 깨닫는다.

서른 언저리가 커리어 성장에 가속도가 붙는 시간이라면, 마흔 언저리는 커리어의 갈림길에 서는 시간이다. 물론 직종 by 직종, 사람 by 사람, 성향 by 성향이다. 하지만 적지 않은 사람들이 이 무렵에 두 가지 질문과 마주한다. 지금까지 걸어온 길을 계속 걸어갈 것인가? 아니면 끝을 내고 새로운 시작을 할 것인가? 선택의 기로에 놓인다. 10년 넘게 지나온 길을 돌아보니 이게 맞나? 앞으로도 내가 여기서 버티고 먹고살 수 있을까? 싶다. 따져 보면 암울하기 짝이 없다. 남겠다는 선택도, 떠나서 새로운 시작을 하겠다는 선택도 어느 하나 선뜻 손이 가지 않는다.

이 구역의 소문난 쫄보인 내가 요즘 한참 갈팡질팡하고 있어서일까? 어떤 선택이든 마흔 언저리 사람들이 내린 결정이 참 대단하게 느껴진다. 이곳에 남자니 그 끝이 훤히 보이고, 새롭게 시작하자니 발이 떨어지지 않는다. 우물쭈물하는 내게 앞서간 그들은 말하고 있다.

"인생에 정답은 없고, 내가 택한 게 정답이라 믿고 가는 수밖에 없어!"

고여 있을 수 없으니 어쨌든 발을 내디뎌야 한다. 가던 길이든 새로운 길이든 택해야 한다. 진로 고민은 교복 입었을 때나 하는 건 줄 알았는데…. 슬슬 흰머리가 나는 시점에도 여전히 불투명한 미래를 끌어안고 이러지도 저러지도 못하고 있을 줄이야.

후회 없는 선택은 없겠지만 덜 후회하는 선택을 하고 싶다. 세월이 흘러 쉰의 나는 진로 문제로 고민하는 마흔 언저리의 나를 어떻게 기억할까? 미래의 내가 조금 더 웃을 수 있는 선택을 할 수 있을까? 여전히 머리는 복잡하지만 내가 할 수 있는 건 심플하다. ① '결정은 신중하게! 하지만 고민은 짧게'를 마음에 새긴다. ② 그리고 발을 내디딘다. ③ 그곳이 어디든, 나라는 사람이 쓸모가 있는 곳으로.

가끔의 행운보다
매일의 작은 기쁨을

손에 닿는

매일의 행복을 위하여

단발머리 중학생 때는 그렇게 생각했다. '에이~ 내가 마음을 안 먹어서 그렇지, 마음만 먹으면 S대 정도는 껌이지.' S대와 한참 먼 대학을 다니던 스무 살 무렵에도 마찬가지였다. '에이~ 내가 마음을 안 먹어서 그렇지, 마음만 먹으면 S그룹 들어가는 건 껌이지.' S그룹과는 거리가 먼 Sang암동 한 귀퉁이에서 잠을 쪼개 가며 프리랜서 생활을 하던 서른 무렵에는 어땠냐고? '에이~ 내가 마음을 안 먹어서 그렇지, 마음만 먹으면 집 사는 정도는 껌이지.'

그렇게 마음만 먹으면 껌인 줄 알았던 무수한 일은 마음을 먹지 않은 탓인지 내 손에 넣기가 쉽지 않았다. 먹는 걸 그렇게 좋아하면서 마음만큼은 왜 그리 쉽게 먹지 못한 걸까?

세상에서 제일 어려운 일은 마음먹는 일이라는 걸, 청춘도 중년도 아닌 어중간한 때가 돼서야 알았다.

지금껏 난 내가 특별한 사람인 줄 알았다. 원하는 일을 손에 넣지 못하는 건 단순히 마음먹고 노력하지 않았기 때문이라고만 생각했다. 내가 가진 원래의 재질은 특별한데 그놈의 '열심'이 모자라서 원하는 결과를 얻지 못하는 거라 믿었다. 그래서 나를 더 다그치고 가혹하게 채찍질했다. 어린 시절 수없이 읽었던 많은 동화와 위인전의 주인공이 그랬던 것처럼. 현재의 시련과 고통은 내 화양연화를 위한 고독한 서곡쯤으로 생각했다. 그렇게 청춘을 보냈는데도 내가 원했던 결과와는 정반대의 결과가 내 손에 쥐어졌다. 몸이 말을 안 듣고 마음마저 여기저기 구멍 나기 시작했을 때 의문이 들었다. 난, 정말 특별한 사람이 맞을까?

나를 향해 진지하게 질문을 던졌다. 나는 늘 보통, 평범, 중간이라는 단어들이 주는 안전함과 안정감을 간절히 바랐다. 그 단어들에 속하기 위해 아득바득 살았다. 때가 되면 나에게도 당연히 '보통의 삶'이 펼쳐질 줄 알았다. 대학을 졸업하고, 취직하고, 결혼하고, 아이를 낳고, 집을 사고, 아이를 학교에 보내는 그런 일. 하지만 보통 사람이 되는 일은 특별한 사람이 되는 일만큼이나 어려웠다. 아니, 어쩌면 더 힘든 일이었다.

고된 사회생활 속 마음의 여유가 필요한 당신에게
그림 한 점의 여유를 선물합니다. 98쪽으로

대학을 가고 취직까지는 어찌어찌해서 먹고살긴 했지만, 그 이후부터는 대부분의 친구와는 분명 다른 노선을 걸었다. 그러면서도 왜 나 자신을 특별한 사람이라고, 보통의 삶을 살 수 있을 거라고 생각했을까?

나라는 그릇을 찬찬히 살폈다. 조금만 충격을 가해도 쉽게 금이 가는 유리 멘탈. 상대방의 미세한 표정 변화에 온 신경을 쓰는 뱁새눈. 조금만 큰소리가 나도 흠칫하는 개복치 심장. 높은 곳에만 올라가면 후들거리는 반건조 오징어 다리. 나라는 그릇은 크기도 작고 내구성도 약하다. 그런 본성을 모르고 나를 과대평가했다. 뭐든 품을 수 있는 거대한 크기에, 두드릴수록 단단해지는 무쇠로 만든 그릇인 줄 알았다.

하지만 현실의 나는 한입에 털어 넣을 양만 겨우 담을 수 있는 작은 소주잔에 더 가까웠다. 자칫 힘 조절을 잘못하면 건배를 하다가도 금이 가고 마는 그 소주잔. 함박눈이 펑펑 내리던 어느 겨울밤, 술자리에서 작은 소주잔을 만지작거리며 생각했다. 잘 마시지 못해 양이 줄지 않던, 소주가 찰랑거리는 그 소주잔을 보면서.

'겨우 요만한 주제에 뭐 대단하고 특별한 사람이 될 거라고 아등바등 살았지?'

여전히 나는 나를 모른다. 하루하루 나에 대해 조금 더 알아가는 중이다. 어제보다는 오늘 나를 더 알게 되었고, 오늘보다 내일은 조금 더 나를 알게 될 것이다. 내 그릇의 크기를 냉정하게 파악한 후 내 인생에 '특별함'이라는 단어를 지웠다. 나라는 그릇의 크기와 재질을 인정하고 나니 열심이란 채찍으로 나를 괴롭히는 일도 멈추게 됐다. 대신 이 정도로도 충분하다는 말로 다독였다. 거대한 성과가 주는 큰 성취감 대신, 작은 성취를 이룰 사소하고 하찮은 목표치들을 일상에 뿌려 놓았다. 과자, 빵, 떡 같은 탄수화물 덩어리는 일주일에 한 번만 먹자. 아무리 추워도, 더워도 일주일에 세 번 이상은 운동을 하러 가자. 하루에 5분이라도 좋으니 책을 펼쳐 보자.

이렇게 난 손에 닿는 거리에 있는 작지만 선명한 목표들을 초과 달성하며 살고 있다. 덕분에 나는 어쩌다 크게 행복한 사람이 아닌 매일 행복함을 느끼는 특별한 사람이 되었다.

빨래를
개는 마음

집에서 '빨래 요정'을 담당하는 나는 여름이 제일 바쁘다. 땀이 비 오듯 쏟아지는 날씨 탓에 샤워를 자주 해 빨랫감이 늘어나기 때문이다. 여름에는 일주일에 두세 번 세탁기를 돌린다. 다른 계절에는 보통 일주일에 한 번 정도. 대외적으로는 지구를 사랑하는 마음 때문이라는 그럴싸한 핑계를 댄다. 하지만 그 안에는 '귀차니즘'이라는 검은 마음이 숨겨져 있다.

8월은 전국의 빨래 요정들이 행복한 비명을 지르는 시기다. 쌓이는 빨래 양에 비해 마르는 속도가 더뎠던 지옥 같은 장마철에 비하면 천국이기 때문이다. 여전히 습도가 높긴 하지만 그래도 뜨거운 햇빛 덕분에 바나절이면 웬만한 빨래들이 뽀송뽀송하게 마른다.

은은한 세제 향이 밴 마른 수건을 탁탁 털고 곱게 접어 욕실 수납장에 넣는다. 그 순간 빨래 요정은 마치 겨울잠 자기 전 도토리를 가득 모아 둔 다람쥐 상태가 된다. 뽀송한 수건으로 꽉 찬 수납장을 보는 것만으로도 든든하고 뿌듯해진다. 이것이 바로 빨래 요정들의 힐링 포인트다.

내가 빨래를 개는 루틴은 단순하다. ① 좋아하는 수건 개기로 워밍업을 한다. ② 큼지막한 옷들을 갠다. ③ 그 후 손수건, 속옷, 양말 같은 작은 빨래를 갠다. 딱 이 정도로 요약할 수 있다. 빨래 요정이 되기 전, 빨래를 그저 해야만 하는 지겨운 가사노동의 하나로 여겼던 시절에는 몰랐다. 손에 잡히는 대로 갰고, 이 지루한 잡일이 빨리 끝나기만을 바랐다.

무슨 일이든 경험이 쌓이면 스킬과 깨달음이 생긴다. 언젠가 빨래를 개며 생각했다. 난 왜 지금까지 좋아하는 것보다 싫어하는 걸 먼저 해야 한다고 생각했을까? 어린 시절, 과자 종합선물세트를 받으면 내 취향이 아닌 과자부터 꾸역꾸역 먹었다. 그리고 나중에야 내가 좋아하는 과자를 먹었다. 어른이 되고도 냉면을 먹을 때면 가장 좋아하는 달걀을 맨 마지막에 먹었다.

좋아하는 건 더 좋은 때를 위해 나중으로 아껴 두던 부모님을 보고 배운 습관이다 학교에서도 절제와 인내가 미덕이라고 배웠다. 그런데 어른이 되고 보니 절제와 인내는 분명 필요한 마음가짐이지만, 사소한 일상에서까지 나를 옥죌 필요는 없었다. 내 취향이 아닌 것들로 배를 채우면 정작 내가 좋아하는 것들이 가진 진정한 맛을 느끼지 못한다. 뭐든 부족했던 시대를 살았기에 저장 강박증이 있는 윗 세대의 가르침은 이제 요즘 세대에게 먹히지 않는 빛바랜 유물이 됐다.

더 좋은 때를 위해 순간의 즐거움과 크고 작은 행복을 미뤘다. 대신 사소한 고민을 껴안고 해결하기 위해 골몰했다. 그렇게 진을 빼고 나면 정작 해결해야 할 큰 문제 앞에서 제대로 힘도 못 쓰고 녹다운 되기를 여러 번. 그때 내가 빨래를 개던 루틴을 생각했다.

처음에는 자질구레한 작은 빨래부터 접었다. 작은 양말의 짝을 찾고, 손바닥만 한 속옷을 접느라 애썼는데도 여전히 산더미처럼 쌓여 있는 빨래를 보면 쉽게 기운이 빠졌다. 저것들을 언제 다 개나 싶어 줄지 않는 빨래를 보는 것만으로 지쳤다. 그래서 순서를 바꿨다. 규격이 일정해 손쉽게 갤 수 있는 수건으로 워밍업을 하고 나면 개야 할 빨래의 양은 금세 1/3로 줄어든다. 그 후 큼지막한 빨래를 후다닥 개고 나면 자질구레한 작은 빨래만 남는다. 결승점이 보이면 없던 힘도 나게 마련이다.

문제 해결도 마찬가지다. 좋아하는 것(그나마 손쉽게 해결할 수 있는 것)으로 먼저 워밍업을 한다. 문제의 성향을 파악하고, 작은 성공의 기쁨을 몸에 채운다. 성취감으로 단단히 중무장하고 거대한 문제 앞에 선다. 맨몸으로 섰을 때보다 분명 자신감 넘치고 당당하다. 큰 문제를 해결하고 나면 양말이나 속옷처럼 작은 문제를 해결하는 건 식은 죽 먹기다. 문제를 어렵게 생각하면 어렵게 풀린다. 반면 단순하게 접근하면 쉽게 풀리기 마련이다.

빨래 요정은 빨래를 개며 알게 됐다. 결국 사는 건 빨래를 개는 것과 크게 다르지 않다는 걸. 그래서 일상생활에서도 빨래를 개는 단순한 마음과 루틴을 지켜 가기로 했다. 그 마음가짐으로 살아가면 분명 내 인생에도 뽀송한 수건처럼 기분 좋은 일들이 차곡차곡 쌓이리라 믿는다.

우울의
과속방지턱

우울증으로 인해 생긴 여러 사건, 사고들이 뉴스를 뜨겁게 달구던 때였다. 일상의 크고 작은 이야기를 나누는 절친들이 모인 채팅창에도 '우울증'이 도마 위에 올랐다. 우리는 서로에게 당부했다. 마음에 아주 작은 균열이라도 생기면 서로 말해 주기로. 그리고 각자 원하는 방법으로 우울에서 꺼내 주기로. 그렇게 한 명씩 자기만의 방법을 얘기하기 시작했다. 내 차례가 왔을 때 긴 고민을 하지 않고 친구들에게 말했다.

"햇빛 좋은 날, 구렁텅이에서 날 꺼내서 탁탁 먼지 털어 준 후 짬뽕을 한 그릇 먹여. 그리고 딸기 케이크를 곁들여 커피를 마시게 한 후 집으로 돌려보내 줘."

나를 무조건 기분 좋게 하는 몇 가지가 있다. 에너지 긴급 수혈이 필요한 비상사태일 땐 딱 다섯 가지면 충분하다. 햇빛, 짬뽕, 딸기 케이크, 커피, 집. 이것만 있으면 바닥에 떨어졌던 내 기분은 금세 정상치로 올라온다. 어떤 상황에서든 효과 만점이다. 친구들에게 농담 반 진담 반의 요청사항을 말하고 나서 생각했다. 저 정도면 내가 아니더라도 누구나 할 수 있는 최선이다. 그렇다면 깊고 짙은 우울함이 나를 덮쳤을 때, 난 어떻게 해야 할까?

의지도 약하고 부정적인 생각을 많이 하는 나는 늘 시도하기 전에 포기부터 생각하는 사람이다. 그렇게 포기하고 싶은 생각이 들 때마다 그나마 날 버티게 해 준 힘은 미래에 대한 희망이 아니었다. 지난날, 보석처럼 박혀 있는 반짝이고 기뻤던 순간의 기억들이었다.

학창 시절, 즐겨 듣던 라디오에 보낸 사연을 DJ가 읽어 줄 때의 쾌감. 추운 겨울날, 산미 없이 진하고 따뜻한 아메리카노를 마시던 때의 기분과 커피의 향. 크리스마스 기념으로 캠든 마켓에서 산 똑같은 녹색 맨투맨 티를 맞춰 입고 내일이 없는 사람들처럼 웃고 떠들던 런던의 밤. 유독 힘들었던 프로젝트를 끝내던 날, 동료들과 함께 뒤풀이 자리에서 마셨던 얼음 생맥주의 짜릿함. 늦덕('늦다'와 '덕후'의 합성어. 늦게 팬이 된 사람을 일컫는다)임에도 최애 공연의 티켓팅에 성공해 공연장 좌석에 앉아 오프닝을 기다리던 두근거림 등. 다시 돌아가고 싶은 그 순간들의 기억 덕분에 삶의 끈을 잡은 손에 한 번 더 힘을 꽉 주게 된다.

사람의 기분은 물과 같아서 높은 곳에서 낮은 곳으로 쉽게 흘러간다. 또 기분은 스스로 브레이크를 밟을 수 없다. 그래서 내 의지로 주체할 수 없어 과속을 할 때, 한 번쯤 속도를 줄여 줄 '과속방지턱'이 필요하다. 나에겐 DJ의 목소리를 타고 흐르던 내 사연이, 산미 없는 아메리카노가, 사랑하는 사람들과의 추억이, 내가 좋아하는 것을 직접 만나고 느낄 때의 행복이 일종의 과속방지턱이다. 삶의 크고 작은 기쁨들이 급격한 우울로 치닫는 나를 붙잡았다. 대단한 명성이나 남부럽지 않은 커리어보다 더 강력한 힘을 발휘했다. 기억 속 그 기쁨들을 또 느끼고 싶다는 욕심과 기대가 주저앉았던 나를 일으켰고, 무너졌던 일상을 되찾아 주었다.

지금 이 순간에도 많은 사람이 주체할 수 없는 우울함 속에서 허우적거리고 있을 것이다. 삶의 벼랑 끝에서 겨우겨우 잡고 있던 그 손을 놓을지 말지 고민이 된다면 지금까지 걸어온 날들에 박혀 있는 사소한 기쁨을 꼽아 보길 바란다. 빈 종이에 하나둘 기쁨의 정체들을 써 보자, 내게 행복을 안겨 준 단어를 하나하나 쓰며 잠시 그 시절로 돌아가는 시간 여행을 해 보자.

그날들은 분명 당신의 기분이 우울의 늪에 빠지지 않도록 속도를 줄여 주는 과속방지턱이 될 것이다. 그래서 우리는 평범한 날들 안에 소박한 행복을 채워 넣는 일을 소홀히 해서는 안된다. 언제 우울이라는 늪에 빠질지 모르니까.

사람의 기분은 물과 같아서
높은 곳에서 낮은 곳으로 쉽게 흘러간다.
또 기분은 스스로 브레이크를 밟을 수 없다.
그래서 내 의지로 주체할 수 없어 과속을 할 때,
한 번쯤 속도를 줄여 줄 '과속방지턱'이 필요하다.

제게서 커피마저 ....

.... 빼앗아 가신다면

치과 정기검진이 있는 날. 진료실에 들어서니 늘 내 치아를 살펴 주시던 선생님이 보이지 않았다. 대신 낯설지만 앳된 얼굴의 새로운 선생님이 날 기다리고 있었다. 간단한 첫인사를 나누고 본격 검진을 위해 공포의 치과 진료용 의자에 누웠다. 차트를 확인한 후 내 치아 안쪽을 꼼꼼히 살피던 선생님이 바로 그 말을 꺼냈다.

"평소에 커피 많이 드시나 봐요."

예상했던 바다. 치과에 갈 때마다 처음 보는 선생님께 늘 들었던 얘기다. 일반적인 치아보다 착색이 잘되는 치아라고 했다. 마음 같아서야 하루에 열두 잔도 더 마시고 싶은 커피지만, 그 얘기를 들은 후 하루에 마시는 커피의 양을 딱 한 잔으로

줄였다. 그 한 잔을 마시고도 바로 양치를 하거나 물로 입 안을 헹궜다. 그게 내 치아를 위해 할 수 있는 최선의 노력이었다. 그런데도 내 치아와 처음 대면하는 치과 선생님들은 하나같이 내가 지독한 카페인 중독자인 줄 안다.

"선생님. 저 하루에 아메리카노 딱 한 잔만 마셔요. 이 한 잔도 못 마실 바에야 그냥 착색된 치아로 살래요. 하루의 유일한 낙인 커피 한 잔을 마시는 그 시간마저 제게서 빼앗아 가신다면 전 왜 일을 하고 돈을 벌어야 하죠? 왜 살아야 하죠?"

절망 가득한 나의 아우성을 들은 선생님의 동공이 미세하게 흔들렸다. 흔하게 내뱉은 한마디에 이렇게 발끈할 줄은 예상 못 했을 것이다. 늘 이런 식이다. 치과계에서 커피가 공공의 적이 된 건 오래된 일이다.

재테크 분야도 마찬가지다. 커피 값은 불필요하게 새어 나가는 돈 취급을 당한다. '별다방 커피 한 잔 마실 돈을 한 달 모으면 얼마고, 1년을 모으면 종잣돈이 되고, 10년을 모으면 목돈이 된다'라는 계산법은 신문의 경제 분야나 뉴스의 단골 소재다. 그래서 아예 커피 대신 커피 값으로 해외 주식에 투자하라고 홍보하는 '소액 투자 서비스'까지 성행할 정도다.

어느 게 옳거나 틀렸다고 단언할 수는 없다. 하지만 커피 한 잔은 단순히 금액이나 성분, 유해도로 무 자르듯 자를 수 있는 존재가 아니다. 최소한 나에게는 말이다.

내가 커피를 본격적으로 마시기 시작한 건 고등학생 때다. 물론 그 이전에도 엄마, 아빠가 마시던 커피를 알게 모르게 살짝살짝 훔쳐 맛봤다. 고3이 되자 수능생이라는 특수 신분 덕분에 아예 대놓고 커피를 마시기 시작했다. 단발머리 여고생은 금세 커피에 중독됐다. 점심시간이 되면 친구들과 후다닥 점심을 먹고 매점으로 향했다. 그리곤 파란색 캔 커피 하나씩을 사 들고 학교 건물 뒤편 계단으로 향하는 게 당시 나와 친구들의 소소한 행복이었다. 우리는 햇빛이 잘 드는 조용한 벤치에 앉아 캔 커피를 마시며 수다를 떨었다. 기대만큼 오르지 않는 성적, 캄캄한 미래, 막연한 공상으로 불안한 고3의 시간을 서로 위로했다. 이렇게 난 '커피 브레이크'가 안겨 주는 잠깐의 여유에 일찌감치 눈을 떴다.

친구들은 잠을 쫓기 위해 커피를 마셨지만 안타깝게도 내 몸은 카페인에 전혀 영향을 받지 않았다. 덕분에 시도 때도 없이 참 많이도 마셨다. 그런 시간이 쌓여 20~30대 때는 국내외 난다 긴다 하는 힙한 커피 성지들을 순례하는 게 취미였다. 내 입에 맞는 아메리카노 한 잔을 마시는 그 시간이 내가 일상에서 누릴 수 있는 최대의 사치였다.

나에게 커피는 단순한 카페인 음료가 아니다. 느긋하게 마시는 아메리카노 한 잔은 달콤한 휴식이자 늘 손 닿는 거리에 있는 행복, 가성비 좋은 삶의 즐거움이다. 그래서 오늘의 커피

한 잔을 애써 참으면서 살고 싶지 않다. 이 커피 한 잔 값이 쌓여 먼 훗날 명품 가방이 되고, 중형차 한 대가 된다고 해도 말이다. 이제는 크고 거대하지만 멀고 희미한 행복을 좇느라 오늘을 희생하지 않는다. 지금 내게 허락된 커피 한 잔의 여유와 작은 사치를 매일 누리고 싶다.

⋯⋯ 나에게는 코미디,

⋯⋯⋯⋯ 누군가에겐 호러 ⋯⋯

　매일 걷는 산책길 중간에는 일명 '고양이 구간'이 있다. 어르신들이 모이는 동네 노인정 앞, 대여섯 마리의 길고양이들이 자유롭게 돌아다니는 구간. 삼색이, 턱시도, 고등어, 치즈 등 다양한 무늬와 색깔의 고양이들은 계단에, 지붕에, 담장에 아무렇게나 널브러져 있다. 21세기에 약도 없는 역병이 이 땅을 뒤덮어도 한가롭게 뒹굴뒹굴하거나 식빵을 구우며 지나가는 사람을 구경한다.

　이 구간을 지날 때면 늘 피식 웃음이 난다. 한적한 숲길에 숨어 있다가 갑자기 나타나 통행료를 요구하는 도적 떼를 만난 듯한 동화 속 장면이 떠오르기 때문이다. 고양이들의 뜨거운 시선이 싸늘하게 날아와 내 몸에 박힌다. 박히다 못해 몸을 관통한다. 공격성 없는 길고양이들의 나른한 표정과 별개로 통행료로 츄르(스틱형 고양이 간식)를 바쳐야 할 것 같은 강렬한 압박에 혼자 조용히 웃음을 터뜨린다.

길고양이에게 호감이 있는 나 같은 사람이야 허무맹랑한 상상을 하면서 웃으며 고양이 구간을 지난다. 하지만 세상 사람 모두가 길고양이를 따뜻한 시선으로 보는 건 아니다. 분명 이 구간을 지날 때 오싹함을 느끼는 사람도 있을 것이다. 똑같은 길, 똑같은 고양이의 시선인데 사람들이 느끼는 감정은 각기 다르다. 고양이 구간은 고양이를 좋아하는 사람들에게는 코미디가 되고, 고양이 공포증이 있는 사람들에게는 호러가 된다.

내가 직접 각본을 쓰고 감독하고 촬영, 편집하는 〈내 인생〉이라는 영화의 장르는 늘 '공포'였다. 아무리 마음의 준비를 쫀쫀하게 해도 예상치 못한 돌발 상황이 벌컥 문을 열었다. 방심하는 순간, 피에 굶주린 좀비 떼가 내 발목을 덥석 잡았다. 토끼 눈을 하고 사방을 경계해도 소용없었다. 살아남으려 발버둥질할 때마다 더 큰 위험에 빠지는 공포 영화 속 주인공치럼 뻔한 클리셰에 매번 무릎이 꺾였다.

나는 어릴 때부터 작은 소리에도 심장이 덜컥 내려앉는 타고난 쫄보였다. 겁이 많은 나는 새로운 것을 접할 때면 먼저 '공포 필터'부터 씌우는 게 특기다. 내게 닥칠 최악의 상황부터 상상한다. 낯선 곳에 가면 불현듯 닥칠 사고를 떠올리고, 새로운 사람을 만나면 헤어질 때 겪게 될 구질구질한 최악의 상황을 생각한다. 새로운 일을 시작하면 내가 감당할 수 없는 문제가 닥쳤을 때를 상상한다. 상상에 상상이 더해지면서 걷잡을 수 없이 부풀려진다. 브레이크도 잡을 새 없이 최악의 결말을 향해 직진한다.

일어나지도 않은 일을 지레짐작해 최악의 결말 앞에 일찌감치 자리 잡고 기다렸다. 삐딱한 시선과 냉소적인 표정을 가득 안고 남의 일처럼 지켜봤다. 긍정과 믿음으로 출발해도 원하는 결과를 얻을까 말까 한 일을 부정과 불신으로 바라봤다. 왜 이렇게 안 풀릴까? 왜 나만 제자리일까? 왜 난 어느 하나 쉽게 넘어가는 게 없을까? 매번 원하지 않는 결과를 품에 안고, 뒤늦게 날카로운 질문들로 나 자신을 할퀴었다. 후회해도 소용없었다. 모든 결과는 내가 뿌린 씨앗에서 자란 것이기에.

재미있는 영화에 반전은 필수지만 현실에서 반전은 그리 흔한 일은 아니다. 콩 심은 데 콩 나는 게 자연의 순리이자 이치. 세상을 어두컴컴한 공포 영화로 여겼던 쫄보에게 상큼발랄한 로맨틱 코미디가 펼쳐질 리 없었다.

망하면 어떡하지? 실패자 낙인이 찍히면 어쩌지? 다시 못 일어서는 건 아니겠지? 새로운 것들과 마주할 때면 여전히 이런 질문들이 나를 괴롭힌다. 하지만 예전처럼 먼저 비겁하게 도망치지 않는다. 사실 이제는 도망칠 곳도 없다. 폭망이 두려워 피하기만 했더니 나이는 부자인데 경험은 가난한 사람이 되었다. 정신이 번쩍 들었다. 그제야 '해 보고 아니면 말지'라는 가벼운 마음을 안고 우선 시작하게 됐다.

가슴에 두려움이 가득하면 당연히 내 인생이라는 영화의 장르는 공포가 된다. 하지만 마음에 소소하고 달콤한 기쁨을 채우다 보면 언젠가 그 장르는 바뀔 것이다. 난 연유 사탕처럼 말랑하고 달달한 드라마가 펼쳐질 그 날을 기다린다. 그래서 오늘도 내 인생의 당도를 높여 줄 작은 것들을 찾아 나선다.

기대라는 이름의

역설

세상에서 제일 무서운 건 뭘까? 사람마다 다르겠지만 내가 가장 무서워하는 건 바닥을 보이는 통장 그리고 '아는 맛'이다. 몇 달 전, 인생 최고의 몸무게를 찍은 후 지속 가능한 다이어트를 실천 중이다. 내 다이어트의 핵심은 '불필요한 탄수화물과 심리적 거리 두기'다. 하지만 평소에는 잘 참다가도 한 달에 한두 번 이성을 잃고 만다. 의지가 약해서가 아니다. 이 모든 건 분명 망할 호르몬 탓이다.

요즘 내 최애 탄수화물은 '스콘'이다. 얼마 전, 집에서 멀지 않은 곳에 양과 맛 둘 다 잡은 따끈따끈한 스콘집이 생겼다는 정보를 입수했다. 일주일에 딱 5일, 정오부터 대여섯 시간만 영업하는 곳. 작은 동네 스콘집은 하루 생산량에 한계가 있었다. 많이 파는 것보다 제대로 된 스콘을 손님에게 내놓는 것. 그리고 개인의 삶도 소중히 여기는 요즘 사장님다운 합리적인 선택이라고 생각했다.

시간이 날 때마다 그 스콘집의 SNS 계정에 출석 도장을 찍었다. 먹잇감을 노리는 굶주린 하이에나처럼. 오늘은 어떤 스콘이 나왔나, 어떤 스콘이 제일 먼저 매진되나 수시로 염탐했다. 사진을 보는 것만으로도 고소하고 달콤한 향이 그대로 느껴졌다. 상상 속에서는 이미 백 번도 더 그 스콘을 맛봤다. 큼지막한 스콘을 한입 베어 물면 겉은 바삭, 속은 촉촉한 감촉이 입 안 가득 느껴졌다. 물론 현실이 아닌 머릿속에서 상상으로 만들어 낸 이미지다.

공교롭게도 가야겠다 마음을 먹으면 꼭 휴무일이 걸렸다. 또 약속한 영업시간이 끝나기도 전에 일찌감치 매진됐다는 포스팅이 나를 가로막았다. 이런 상황들은 묘하게 나의 승부욕을 자극했다. 그렇게 무릎이 꺾일수록 스콘을 향한 욕망이 점점 더 뜨겁게 들끓었다.

며칠 전, 드디어 상상이 아닌 실물 스콘과 마주했다. SNS에서 사진으로 수없이 본 스콘을 맛보게 된 것이다. 먹어 보니 분명 맛있었다. 스콘의 본고장, 영국에서 먹었던 스콘과 크게 다르지 않았다. 유행에 휩쓸려 급하게 배워 만든 겉모습만

번드르르한 스콘이 아니었다. 고급 버터와 밀가루 등 재료는 물론 정성까지 아낌없이 쏟아부어 만든 게 분명했다. 주인장의 고집과 자부심이 맛에서 고스란히 느껴졌다. 그제야 까다로운 영업 방침에도 어떻게 매번 완판을 기록하는지 고개가 끄덕여졌다.

하지만 오랜 시간 머릿속으로 스콘 맛을 상상했던 탓일까? 실제 스콘의 맛은 2% 부족했다. 결코 현실 스콘의 맛이 부족해서가 아니다. 상상 속에서 나 혼자 제멋대로 만들어 낸 완벽한 스콘의 맛이 정해져 있었기 때문이다. 답정너의 모든 기준을 충족시키는 완벽한 스콘은 세상에 존재하지 않았다.

지나고 보면 많은 것이 그랬다. 괴로운 고3 시절을 버티게 해 준 유일한 버팀목은 각종 영화나 드라마 속에서 본 캠퍼스의 낭만이었다. 하지만 대학 생활의 현실은 달라도 너무 달랐다. 달콤한 낭만 대신 망한 스콘처럼 퍽퍽하고 건조한 날들이 4년 내내 이어졌다. 도망치듯 졸업하고 운 좋게 꿈에 그리던 직업을 갖게 됐을 때, 이제 됐다 싶었다. 꼬꼬마 막내지만 드라마 속 주인공처럼 문제가 생겼을 때 결정적인 아이디어를 내고 초고속 승진을 할 줄 알았다. 그동안 빛을 보지 못한 내 능력이 비로소 인정받을 거라 상상했다. 하지만 현실은 그리 호락호락하지 않았다.

일을 시작한 지 딱 3일 만에 난 사회 부적응자가 아닐까 생각했다. 일주일 만에 출근길에 교통사고가 났으면 좋겠다는 끔찍한 기도를 했다. 한 달 만에 다음 날 아침이 와도 눈을 뜨지 않길 바라며 잠들었다. 의욕만 가득했던 햇병아리에게 펼쳐진 현실은 냉혹했다. 맹수들이 우글거리는 철창에 툭 떨어진 초식동물처럼 모든 게 두려웠다.

어른들은 꿈을 크게 가지라고 말했다. 순진한 나는 의심 없이 손이 닿지 않는 저 높은 곳에 목표를 뒀다. 시련은 있겠지만 노력하면 언젠가 닿을 거라 믿었다. 분명 열심히 하면 머지않아 그곳에 도착해 웃을 수 있을 거라 기대했다. 하지만 그건 영화나 드라마 속 주인공의 극적 서사였다. 나 같은 인간에게 쉽게 일어나는 일이 아니었다.

적당한 기대는 삶의 원동력이 되지만 과한 상상은 독이 된다. 제멋대로 자란 잡초가 숲을 망가뜨리듯 필요 이상의 상상은 기대에 못 미치는 결과와 실망을 가져온다. 그래서 많이 기대하고 크게 실망하기보다는 조금만 기대하고 적당히 만족하기로 했다. 완벽한 이상형을 찾아 헤매느라 시간을 길바닥에 쏟아 버리는 일은 하지 않을 것이다. 실망과 후회로 쓰린 가슴을 부여잡기보다 그만하면 됐다고 나를 더 토닥일 것이다. 기대도 할 만큼 해 봤고 실망도 해 볼 만큼 했으니 이제 만족하며 살기로 했다. 고소하고 향긋한 스콘을 맛보며 행복도 느끼고, 스콘을 먹었다는 죄책감을 해소하기 위해 이마에 땀이 송골송골 맺힐 때까지 파워 워킹도 한다. 이렇게 막연한 기대 대신 소박한 기쁨들로 하루하루를 채우며 살고 싶다.

이방인 필터의

마법

언젠가 SNS에서 한 사진을 보고 눈을 떼지 못한 적이 있다. 한국에 사는 외국인이 찍었다는 그 사진은 우리나라 구석구석의 풍경을 담고 있었다. 홍대, 경복궁, 남산, 명동 등 외국인들의 단골 코스인 유명 관광지만 찍은 사진이 아니었다. 연두색 종량제 쓰레기봉투가 옹기종기 모여 있는 담벼락, 까만 전기선이 어수선하게 뒤엉켜 파란 하늘을 가르는 동네 골목, 아파트 놀이터의 알록달록한 놀이기구, 상인이 입김을 하얗게 내뿜으며 손님을 부르는 시장 등 일상적인 공간의 풍경과 그곳을 지나는 사람들의 표정까지 따뜻하게 담긴 사진이었다.

내가 발 딛고 사는 이 땅이 이렇게 아름다운 곳이었나? 새삼 놀랐다. 동시에 뜨거운 뿌듯함이 차올랐다. 한편으로는 이상했다. 사진 속 장소들은 분명 내가 아는 공간인데도 낯설게 느껴졌다. 한글 간판이 없었다면 이곳이 한국인지 외국인지 모를 분위기였다. 찍는 사람의 실력이 좋아서일까? 높은 사양의 카메라로 찍어서일까? 아니면 섬세한 후보정 덕분일까? 이런저런 생각을 하다 하나의 결론에 닿았다.

'아! 이방인 필터구나.'

누구나 여행을 가면 이방인 모드가 된다. 떠나왔다는 들뜬 마음은 여행지를 바라보는 눈까지도 들뜨게 만든다. 그곳에 사는 사람들은 감지하지 못하는 '그곳만의 아름다움'을 이방인은 귀신같이 찾아낸다.

여행지에서 찍은 사진들을 다시 보면 대체 이런 걸 왜 찍었나 싶은 사진이 꼭 등장한다. 낯선 글자가 가득한 광고판, 우리나라와 다른 구조의 지하철 개찰구, 사람 모양이 다른 신호등, 테이블 위 독특한 모양의 소금통까지. 평소라면 지나쳤을 작은 것들에 마음속 현미경을 들이댄다. 그리고 그 안에서 한국과는 다른 이국적인 분위기를 느낀다. 그 차이를 통해 비로소 평생 살아온 땅을 떠나왔다는 자유를 만끽한다. 없는 돈과 시간을 투자해 이곳까지 왔음을 실감한다.

오토바이의 천국, 베트남을 여행할 때였다. 길을 건널 때 요리조리 사람을 잘도 피해 가는 오토바이족을 보며 속으로 쌍따봉을 날렸다. 순진한 여행자였던 나는 그저 베트남 여행의 묘미를 제대로 체험했다는 기쁨에 취했다. 하지만 이게 무슨 아이러니일까? 평소의 나는 인도나 횡단보도를 침범하는 오토바이와 마주할 때 속으로 쌍따봉이 아니라 쌍욕을 날렸다. 똑같이 시끄러운 오토바이를 마주해도 현지인과 여행자의 마음은 이렇게 다를 수밖에 없다.

생각만 해도 머리가 아픈 무질서한 거리의 풍경도 여행자가 되면 새롭게 보인다. 반대로 말하면 무심코 지나쳤던 무수한 것들도 여행자의 마음으로 보면 각각 자신만의 매력을 품고 있다는 뜻이다.

선배들은 말했다. 애정을 갖고 바라봐야 좋은 결과물이 나온다고. 그건 단순히 일에만 적용되는 건 아니다. 사진만 봐도 사진을 찍는 사람이 뷰파인더 속 피사체에 얼마나 애정을 가졌는지 쉽게 알 수 있다.

눈을 뜨면 어김없이 시작되는 아침. 편도 한 시간 반의 출근길 지옥철을 버티는 한 줌의 체력. 나른한 오후에 마시는 아이스 아메리카노 한 잔. 긴말하지 않아도 마음을 알아주는 사람과의 수다. 무사히 하루를 마치고 돌아와 잠들기 전 들춰 보는 책 한 페이지. 나에게는 늘 곁에 있는 게 당연하고, 큰 힘을 들이지 않아도 가질 수 있는 것들이 많다. 이 모든 것의 가치를 모른 채 얼마나 소홀히 대하고 또 얼마나 무심히 흘려보냈을까? 무언가를 매일 꾸준히 하는 사람을 대단하다고 그리 치켜세웠으면서 정작 내 곁에서 매일매일 변치 않고 성실하게 존재하는 것들의 가치는 왜 몰랐을까?

외국인이 찍었다는 흔한 한국 거리 풍경이 담긴 사진들을 보며 다짐한다. 나를 둘러싼 사소하지만 소중한 것들을 애정을 갖고 바라볼 것. 그리고 변함없이 존재하는 것에 감사할 것. 무엇보다 나를 나로 서게 하는 많은 것을 절대 잃어버리지 않도록 신경 써서 챙길 것.

나를 둘러싼 사소하지만 소중한 것들을
애정을 갖고 바라볼 것.
그리고 변함없이 존재하는 것에 감사할 것.
무엇보다 나를 나로 서게 하는 많은 것을
절대 잃어버리지 않도록 신경 써서 챙길 것.

당신에게는 ⋯⋯⋯⋯⋯⋯⋯⋯⋯⋯⋯⋯

⋯⋯⋯⋯⋯⋯⋯⋯⋯ 행복 루틴이 있나요?

오랜만에 후배 K에게서 만나자는 연락이 왔다. 설레는 마음을 안고 약속 장소인 합정역으로 향했다. 지하철 개찰구를 빠져나오자 저 멀리서 K가 나를 발견하곤 환하게 웃었다. 내 기억 속 K는 늘 세상만사에 대한 관심이 넘치는 생기발랄한 친구였다. 그런데 오늘 본 K는 분명 웃고 있었지만, 그 웃음 안에 짙은 먹구름이 느껴졌다. 근처 음식점에 자리를 잡고 그간의 사정에 대해 들었다. 못 본 사이 크고 작은 수술을 연이어할 정도로 몸 상태가 좋지 않고, 일도 마음처럼 잘 안 풀렸다고 했다. 나이는 차고 넘치는데 가진 것도, 이룬 것도 없어 마음이 텅 빈 것 같다고. K는 분명 슬럼프라는 굴레에서 허우적거리고 있었다.

지금의 K에게서 몇 해 전의 내 모습이 보였다. 당시의 나는 고민한다고 해결될 일이 아닌 걸 혼자 짊어지고 버둥거렸다. 그럴 땐 주변에서 이런저런 얘기를 해도 귀에 들어오지 않는다. 그 자괴감의 구렁텅이에서 빠져나오는 방법은 오직 본인만이 알고 있다. 나도 지나고서야 알았다. 그러니 그 쭈구리 시절을 먼저 지나온 입장에서 내가 할 수 있는 일은 그저 입은 닫고 귀와 지갑을 활짝 여는 것뿐. 힘들어하는 K에게 맛있는 음식을 먹이고, 햇살을 받으며 함께 걷고, 다시 이야기에 귀를 기울였다.

다리가 뻐근해질 때쯤 카페에 도착했다. 문을 열고 들어가니 시원한 에어컨 바람에 섞인 진한 커피 향이 얼굴에 와닿았다. 아이스 아메리카노와 짠단의 최고봉 캐러멜 치즈 케이크를 앞에 두고 좀 더 깊은 이야기를 나눴다. 프리랜서로서의 불안한 현재, 불투명한 미래에 관해 이야기하던 K는 불쑥 이런 질문을 던졌다.

"언니는 언니만의 행복 루틴이 있어요?"

행복 루틴이라…. 나를 행복하게 만드는 규칙적인 순서와 방법? 컵에 맺힌 물방울을 엄지손가락으로 쓰윽 닦으며 잠시 생각했다. 길게 고민하지 않고 입에서 바로 나의 행복 루틴이 터져 나왔다.

봄·여름 시즌 나의 행복 루틴은 단순하다. ① 저녁 8시 뉴스가 시작할 무렵 집 근처 중랑천으로 향한다. ② 밤바람을 맞으며 두 시간 정도 걷는다(중간중간 산책 나온 강아지도 구경하고, 숨어 있는 길고양이를 찾아 눈 맞추기 놀이도 한다). ③ 이마와 등에 땀이 송골송골 맺히면 집으로 돌아와 찬물로 샤워를 한 후 선풍기로 머리를 말린다. ④ 머리가 마르면 보송보송한 이불 위에 누워 보고 싶은 동영상을 보다 잠든다.

참 소박하고 단순하다. 이 루틴대로라면 나는 일주일에 다섯 번 이상은 너무나도 쉽게 행복한 사람이 된다. 꽤 가성비 좋은 행복 루틴이다. 여기서 좀 더 비용을 투자하면 좋아하는 사람들과 맛있는 음식을 먹으며 수다 떠는 것? 시간과 비용을 더 투자하면 여행을 가는 것? 이 정도면 나의 행복은 최대치에 수렴한다.

가을·겨울 시즌도 특별할 건 없다. 길가에 가득 쌓인 바짝 마른 낙엽을 사부작사부작 밟는 것. 혹한이 시작되면 이불을 뒤집어쓰고 따끈한 바닥에 배를 깔고 엎드려 붕어빵이나 귤을 먹는 것. 겨울 아침, 차가운 공기를 폐 깊숙이 들이마시는 것. 창이 넓은 카페에서 달달한 캐러멜 마키아토를 마시면서 내리는 눈을 하염없이 바라보는 것. 생각해 보면 새털처럼 많긴 한데 좋게 말해 소박하고, 쉽게 말해 하찮다.

뭔가 큰 걸 기대한 듯한 K의 눈빛에 잠시 미안해졌다. 말해 놓고도 별게 없어서 머쓱했다. 하지만 우리는 뭔가 있어 보이게 꾸밀 것도 없고 부풀릴 필요도 없는 사이다. 성공의 크기와 행복은 꼭 비례하지 않는다는 것도 아는 나이다.

지난날의 나는 남의 행복이 먼저였고 정작 나의 행복은 늘 뒷전이었다. 남들의 눈, 남들의 기준, 남들의 평가 때문에 나를 행복하게 하는 게 뭔지 몰랐다. 모든 것의 무게중심을 내가 아니라 타인에게 두고 있었다. 천성이 소심한 나는 남들의 표정과 말속에 숨은 뜻을 해석하고 그 기대에 맞추느라 참 부지런히도 살았다. 애쓰고 노력해도 그렇게 살지 않는 사람들과 별반 다르지 않은 '인생의 중간 성적표'를 받았을 때 다 부질없다고 생각했다. 마음과 몸이 더 굳어지기 전에 깨달았다는 사실이 다행스러웠다.

그제야 삶의 무게중심을 나에게 두고 내가 좋아하는 것, 나를 기쁘게 하는 것, 나의 행복 지수를 채우는 것들을 차곡차곡 모으는 데 열중했다. 작은 행복이 일상에 쌓이면서 예민하고 날 선 신경이 무뎌졌다. 표정은 온화해졌고 속병도 잦아들었다. 모두에게 좋은 사람으로 기억되고 싶어 참고 포기하는 일을 더는 하지 않았다. 그저 다시 봤을 때 웃으며 안녕 할 수 있을 정도로만 관계의 텐션을 유지했다. 다 안고 가려다 와르르 무너져 버리지 않기 위해서다. 무게중심을 나에게 두고 튼튼한 몸과 마음으로 버틴다. 그러면 외부에서 그 어떤 폭풍우가 몰아쳐도 절대 흔들리지도, 무너지지도 않는다.

K와 헤어지며 말했다. "지금 뭘 하려고 해도 안 움직일 거야. 이것저것 애쓰지 말고, 그저 원래의 건강한 네 몸을 되찾는 것에만 집중해." 지금 마음이 텅 빈 K는 이런 경험이 처음이다. 그래서 뭐든 채우려고 밖으로 시선을 돌리고 먼 곳에서 해답을 찾으려고 할 것이다. 과거의 나처럼. 마음은 몸을 지배하고 몸 역시 마음을 지배한다. 그런데 마음보다는 몸의 안정을 되찾는 것이 더 쉽다. 몸을 추스르고 나면 마음은 비교적 쉽게 평온해진다. 나는 K가 걸어온 길을 차근차근 돌아보고 자신을 좀 더 소중하게 여기길 바랐다.

우리가 함께 먹었던 캐러멜 치즈 케이크처럼 인생도 짠단의 조화가 적절히 이뤄져야 '사는 맛'이 있다. 지금은 나중에 맛볼 단맛을 위해 짠맛을 느끼는 시기일 뿐이다. 물론 이 짠맛의 시기도 언젠가는 끝날 것이다. 짜디짠 시기를 잘 버텨야 다가올 다디단 날들을 즐길 수 있다. 지금이 K에게 남는 것 없이 마냥 짜기만 한 날들이 아니길 빌었다.

K와 헤어지고 집으로 돌아가는 길, 한 통의 메시지가 왔다.

"감사해요, 언니. 오늘 많은 위로가 됐어요. 힘내서 살아 볼게요."

짧지만 심사숙고했을 K의 메시지를 한참 바라봤다. 그제야 마음이 좀 놓였다. 곧 예전의 활기 넘치는 K의 모습으로 만나게 될 날이 머지않았음을 느꼈다.

내 안의 소녀, 소년을 ⋯⋯⋯⋯⋯⋯
⋯⋯⋯⋯⋯⋯ 소환하는 일

뜨겁게 내리쬐던 햇빛의 기세도 한풀 꺾인 늦은 오후. 선선한 바람이 부는 산책길에서 묘한 장면을 목격했다. 구름 한 점 없는 파란 하늘에 큼직한 물체가 훨훨 날고 있었다. 처음엔 희귀한 새인가 싶어 한참을 집중해 지켜봤다. 하지만 강렬한 형광 주황색은 아무리 생각해도 자연에서 나올 수 없는 색이었다. 조금 더 가까이 다가가 보니 그건 새 모양의 거대한 연이었다. 연을 날리고 있는 사람은 백발의 할아버지. 자전거 뒷자리에 여러 색깔과 모양의 연을 싣고 와 탁 트인 개천가 산책로에서 날리고 있었다.

그곳에서 연을 날리는 모습은 낯선 풍경이 아니다. 다만 할아버지 혼자서 아이들 수준의 조악한 연이 아닌 전문가용(?)

연을 날리는 모습은 신선했다. 할아버지 곁을 지날 때쯤에는 조금 더 천천히 걸으며 연을 날리는 할아버지의 표정을 훔쳐봤다. 아니나 다를까. 70대 할아버지 얼굴에 열 살 소년의 미소가 스며 있었다.

47년생, 딱 우리 아빠 또래처럼 보였다. 아마도 전쟁 직후에 태어나 배고픈 유년 시절을 보내고, 평생 뼈 빠지게 일하며 가족을 위해 살아왔을 터였다. 누가 시켜서도, 누구를 위해서도 아닌 오직 자신의 즐거움을 위해 연을 날리는 할아버지의 손끝에서는 신남이 뚝뚝 묻어났다. 소년처럼 반짝이는 할아버지의 눈을 보니 마음이 간질간질했다. 일면식은 없지만, 할아버지의 취미 생활을 응원하는 마음을 담아 마음속으로 '좋아요' 버튼을 눌렀다.

연 날리는 할아버지를 뒤로하고 다시 산책에 집중했다. 반환점을 찍고 돌아올 때쯤에도 할아버지는 여전히 연을 날리고 계셨다. 하지만 혼자가 아니었다. 그의 곁에는 20~30대로 보이는 남자 두 명이 있었다. 할아버지와 적당한 거리를 유지하고 있는 걸 보니 안면이 있는 사이는 아닌 것 같았다. 두 사람은 할아버지가 연 날리는 것을 한참 지켜보고 있었다. 청년들의 시선이 느껴졌는지 할아버지는 선뜻 얼레(연줄, 낚싯줄 따위를 감는 데 쓰는 기구)를 한 명에게 건넸다.

신이 난 두 사람은 얼레를 주고받으며 번갈아 연을 날렸다. 나란히 서서 하늘 높이 나는 연을 바라보는 세 남자의 표정이 동네 놀이터에서 봤던 꼬마들의 표정과 똑 닮아 있었다. 나이도, 이름도, 사는 곳도, 직업도 어느 하나 접점이 없을 할아버지와 두 청년은 연 하나로 동시에 또래 소년이 되었다. 나이를 초월해 소년이 된 세 남자를 보고 있자니 오랫동안 봉인해 두었던 '내 안의 소녀'가 떠올랐다.

평소에는 세상 밖으로 툭툭 튀어나오려는 내 안의 소녀를 애써 억누르며 살았다. 여전히 나는 서툴고 모자란데 '어른'이라는 이름값과 나잇값을 하기 위해 괜찮은 척, 아닌 척 어른 흉내를 내며 살았다. 고고한 어른인 척하기 바빴다. 어른이라는 이름의 무게에 짓눌려 감정의 팔다리를 자르곤 했다. 냉철하고 이성적인 게 어른스러운 것이라 믿었다.

하지만 누구에게나 마음속에 자라지 않은 아이가 있기 마련이다. 가끔씩은 할아버지의 '연'처럼 내 안의 소녀, 소년을 잠금 해제시켜 줄 존재가 필요하다. 그러니 마음속 소녀, 소년을 꺼내 콧구멍에 바람을 넣어 주고 그들 취향이 달달이도 좀 먹어보면 어떨까. 그래야 예상치도 못한 곳에서 까탈스러운 사춘기 소녀, 소년이 불쑥 튀어나와 어리광을 부리지 않을 것이다.

오늘도 나는 ⋯⋯⋯⋯⋯⋯⋯

⋯⋯⋯⋯⋯⋯⋯ 심심해지기 위해 산다

올해로 초등학교 2학년이 된 조카가 숨 쉬듯 하는 말이 있다.

"아우, 심심해! 이모, 심심해요. 할머니, 나 심심해요! 엄마, 나 심심하다고!"

조카의 '심심해요 타령'은 시도 때도 없다. 외할머니 집에 와서 몇 시간이고 각종 만화 프로그램 순례를 한 후에도 심심하다고 노래를 부른다. 가족 여행으로 다 함께 캠핑장에 가 한참 근처 산에서 밤을 줍고서도 돌아서면 심심해 죽겠다고 말한다. 외할머니 집 앞 문방구에서 신나게 뽑기를 하고 돌아와서도 금세 심심하다고 아우성친다.

그럴 때마다 뭐가 심심하냐고 머리를 콕 쥐어박고 싶은 마음에 주먹에 힘이 들어간다. 하지만 예전 그 나이 때의 나를 생각해 보니 조카가 말하는 심심함이 뭔지 알 것 같아 꽉 쥐었던 주먹을 조용히 풀었다. 하루가 노는 것과 공부하는 것, 딱 두 가지로 구별되던 어린 시절. 그 두 가지 일 외에는 뭘 해야 할지 몰라 심심하다고 느꼈다. 그게 아이들이 '심심해요 타령'을 하는 이유가 아닐까?

'내가 마지막으로 심심하다고 느낀 적이 언제였지?' 오래 생각해 봤지만 기억조차 나지 않는다. 많은 성인이 그렇듯 나 역시 심심할 겨를이 없는 일상을 보내고 있다. 경기도민인 나는 출퇴근 시간이 길다. 그래서 서울시민보다 하루를 일찍 시작한다. 눈을 뜨면 100m 달리기 출발선에 선 선수처럼 빛보다 빠르게 집에서 튀어 나갈 준비를 한다. 늘 시간에 쫓기다 보니 채 마르지 않은 머리카락에서 물이 뚝뚝 떨어지는 상태로 출근길에 오르기 일쑤다. 긴 이동 시간 내내 음악을 들으며 스마트폰으로 뉴스를 읽거나 최신 이슈 거리를 탐방한다. 그러다가 질리면 가방에서 책을 꺼내 읽는다. 사무실에 도착해서도 겨우 커피 한 잔할 시간만 빼고 나머지는 숨 돌릴 틈 없이 일한다. 정신없이 주중을 보내고 주말에는 사람들을 만나거나 내 방식대로 방전된 몸과 마음을 충전한다. 그렇게 심심할 겨를 없이 일주일이, 한 달이, 1년이 훌쩍 지나간다.

머릿속은 한층 더 정신없다. 뭔가를 계속 생각하고 걱정하고 고민한다. 도서관 반납 기일이 이틀밖에 안 남았는데 아직 들춰 보지도 않은 저 책들은 언제 다 읽지? 며칠째 냉전 중인 엄마랑은 무슨 계기를 만들어서 화해하지? 가고 싶은 공연 예매 날짜가 코앞인데, 피켓팅(피가 튀는 전쟁 같은 티켓팅)을 뚫고 티켓을 잡을 수 있을까? 끊임없이 머리를 굴리고 방법을 찾아내기 위해 애쓴다.

그래서 일부러 멀리 낯선 곳으로 여행을 가기도 했다. 아는 사람 하나 없는 곳에서 고요를 만끽하기 위해 돈과 시간을 썼다. 물리적으로라도 아무것도 하지 않도록 구분하지 않으면 내 삶은 늘 뭔가에 아등바등했다. 하지만 그마저도 쉽지 않았다. 늘 쫓기듯 살아온 사람의 뇌는 '정적'을 '정체'로 착각한다. 그래서 끊임없이 뭔가를 해야 한다는 강박을 불러낸다. 내 안의 불안감과 조바심이 들끓어서 결국 자리를 털고 일어나 산책이라도 하거나 커피라도 마시고 온다. 결국 완벽한 심심함을 느낀 적은 성인이 된 후 한 번도 없다.

그럼에도 불구하고 심심해지려고 노력한다. 겹겹이 쌓인 내 안의 불안을 거두는 가장 좋은 방법은 심심해지는 것이기 때문이다. 심심하다는 건 아무 걱정과 고민이 없다는 것. 그 상태가 되는 게 궁극적인 내 삶의 지향점이다. 심심함이 극에

달한 조카만 한 나이였을 때 나는 어땠나 돌아봤다. 내가 해야 하는 건 놀거나 공부하거나 딱 두 가지뿐, 먼 미래를 걱정하지 않았다. 생기지 않은 일은 고민하지도 않았다. 슬프거나 괴로운 기억은 힘껏 울거나 밥을 먹거나 하룻밤 자고 나면 잊혔다. 뭐든 오래 끌어안고 끙끙거리지 않았다. 눈이 퉁퉁 붓도록 많이 울고, 작은 눈이 사라질 만큼 많이 웃었다. 감정에 충실했고 생각은 단순했다.

답은 늘 가까운 곳에 있다. 내가 지나온 길이나 내 손 닿는 거리에 분명 해답은 있다. 불안과 두려움이 차오를 때, 열 살 무렵의 나를 떠올린다. 하루 24시간 중 재미를 빼면 온통 심심함뿐이었던 그 시절. 당장 해야 할 일부터 후딱 해치우고, 좋아하는 일에 달려드는 단순했던 그날들처럼 살아가기로 마음먹었다. 걱정과 고민 따위는 무심하게 전진하는 시간에 담아 흘려보내고, 나 자신에게 심심할 틈을 주기로 했다.

시간이 속절없이 흘러갈 땐,

플랭크

누군가 말했다. "세월 빠르다" 이 말을 하는 순간, 거부할 수 없는 노화가 시작된 것이라고. 생각해 보면 꼬꼬마 시절에는 '세월'이란 단어 자체를 쓰지 않았다. 이 단어가 자주 입에 오른다고 느끼는 순간 이미 완연한 어른이다. 또, 다들 30대는 30km로, 60대는 60km의 속도로 시간이 빠르게 흐른다고 말한다. 나이를 먹을수록 체감하는 시간의 속도가 점점 빨라진다고.

누군가 내 인생에 빨리 감기 버튼이라도 눌렀나 싶을 만큼 시간이 빛의 속도로 지나간다. 날짜를 써야 할 때 무의식중에 2019라고 썼다가 1과 9를 지우고 그 위에 2와 0을 고쳐 쓰기를 수십 번. 2020이라는 숫자에 익숙해졌다 싶으면 어느새

2021을 써야 할 순간이 코앞에 닥친다. 그래서 연말이 되면 이뤄 놓은 것은 없는데 속절없이 나이만 먹고 몸만 늙어 가는 것 같아 허탈하고 우울해진다.

웹 서핑을 하다가 그런 글을 본 적이 있다. 시간이 빨리 간다 싶을 때는 '플랭크(plank)'를 해 보라고. 속는 셈치고 나도 도전해 봤다. 팔꿈치와 발을 이용해 널빤지(플랭크)처럼 몸을 평평하게 편 상태에서 버티는 운동인 플랭크. 보통 20~30초씩 5회 정도 하는 게 적당하다. 스마트폰에 타이머를 맞춰 놓고 플랭크 자세를 잡는다. 코어에 힘을 주고 1초, 2초, 3초… 하나씩 올라가는 숫자에 집중한다.

분명 똑같은 시간인데 플랭크만 하면 왜 이리 시간이 더디게 흐를까? 숫자가 올라가는 속도가 나무늘보의 걸음처럼 느껴진다. 10초를 넘기면 손발이 부들부들 떨린다. 20초가 가까워지면 이마에 땀이 송골송골 맺히고 영혼이 빠져나간다. 목표한 시간이 지나면 바닥에 털썩 몸을 내팽개친다. 고작 20~30초 만에 녹다운 된다. 천장을 비리보며 가쁜 숨을 몰아쉰다. 똑같은 시간도 코어에 힘을 주고 초 단위로 음미하면 다른 속도로 흘러간다. 그제야 그간 무의미하게 흘려보내고 멀어져 간 시간의 뒤통수를 바라보며 후회하던 순간들이 떠오른다.

과학자들의 연구에 따르면 나이 들수록 시간이 빠르게 흐르는 것처럼 느끼는 이유는 '기억의 불평등' 때문이라고 한다. 요망한 인간의 뇌는 모든 기억을 평등하게 대우하지 않는다. 새로운 기억이나 충격적인 기억, 강한 감정을 유발하는 기억들은 뇌 속에 강렬하게 남는다. 반면 매일 반복되는 일상은 머릿속에 오래 남아 있지 않다. 나이가 들면서 이런 기억들이 반복되면 뇌는 익숙한 일상을 머릿속에서 지운다. 그래서 시간이 빨리 흐르는 것처럼 느끼게 된다는 것이다.

'시간의 폭주'를 막기 위해서는 브레이크 장치가 필요하다. 특별한 기억을 삶의 중간중간 심어야 한다. 강렬한 자극을 주는 경험은 뻔한 일상에 비해 촘촘하게 기억된다. 똑같은 출근길도 하루는 다른 길로 가 보기도 하고, 늘 먹던 아이스 아메리카노 말고 오늘의 날씨에 어울리는 다른 커피를 주문해 보기도 한다. 뇌를 쓸 필요가 없는 반복적인 행동 패턴에서 벗어나 다른 자극을 만들어야 한다. 마치 시간이 천천히 흐르는 것처럼 느껴지는 플랭크와 같이 새로운 자극들이 뇌 주름 하나하나에 새겨져 오래 기억할 수 있도록 '거리'를 던져 줘야 한다. 이렇듯 익숙함이 주는 편안함을 벗어나는 용기야말로 시간의 폭주를 막는 유일한 길이 아닐까.

삶에 무기력이 묻으면
유기력으로 지우세요

언젠가 전 세계적 인기를 누리고 있는 한 아이돌 스타의 말을 듣고 고개를 절로 끄덕인 적이 있다. 치과 진료용 의자에 누웠을 때만큼 자신이 무기력해지는 순간이 없다고. 개구기를 끼고 은밀한 속살(?)까지 고스란히 드러낸 채 꼼짝 못 하는 상태가 되면 한없이 나약한 존재가 된 기분이라고 했다.

그 말을 듣는 순간 웃음이 났다. 사람 사는 거 다 똑같구나 싶었다. 전 세계를 돌며 수백만 관객 앞에서 공연하고, 역사에 기록될 커리어를 만드는 톱스타도 별수 없었다. 치과 진료용 의자에 앉았을 때 느끼는 그 감정은 평범한 나와 별반 다르지 않았다. 생각해 보면 나를 무기력하게 만드는 건 거대한 악의 힘이나 강한 권력이 아닌 늘 사소하고 하찮은 것이었다.

고작 6개월을 함께 일했을 뿐이지만 프로젝트가 끝나고도 수년째 매해 두세 번씩 만나는 멤버들 모임이 있는 날이었다. 늦는 걸 싫어하는 편이라 그날도 일찌감치 약속 장소로 향했다. 합정역 뒷골목의 작은 술집에 먼저 도착해 기다렸다. 그런데 약속한 시각이 지났는데 아무도 나타나지 않았다. 늦으면 늦는다 미리 메시지를 주던 사람들이 감감무소식이었다. 서프라이즈 파티라도 하나 싶어 참고 기다렸다. 그러다 한계점이 넘어갔을 때가 되어서야 '다들 왜 안 오냐' 메시지를 보냈다.

곧바로 답장이 왔다. '왜 이렇게 일찍 가 있냐'며 장난 섞인 핀잔과 웃어 넘어가는 이모티콘이 쏟아졌다. 무슨 소린가 싶어 갸우뚱하던 내게 약속을 잡던 날 주고받은 메시지 캡처 사진이 날아왔다. 우리가 정한 날짜는 오늘이 아니라 일주일 후였다. 날짜를 보지 않고 요일에만 꽂혀 일주일 먼저 약속 장소에 나온 것이었다. 채팅방에는 'ㅋㅋㅋ'와 'ㅎㅎㅎ'가 파도처럼 쉬지 않고 밀려왔다. 할 수만 있다면 웃음의 파도에 밀려 떠내려가고 싶었다. 일주일이나 먼저 와서 기다리는 내 꼴이 한심하고 어처구니가 없었다. 혼자였지만 귀가 활활 불타올랐다. 술집 조명이 어두웠으니 망정이지 안 그랬으면 불타는 고구마가 된 내 모습을 주변 손님들한테 들키고 말았을 것이다. 부끄러움에 도망치듯 술집을 빠져나왔다. 밖으로 나가니 눈과 비가 섞인 진눈깨비가 내리고 있었다. 기분도 안 좋은데 날씨마저 최악이었다. 다시 지하철로 향하는 길, 우산도 없어 추적추적 내리는 진눈깨비를 고스란히 맞으며 생각했다.

'약속 날짜 하나도 제대로 기억 못 하면서 뭐 대단한 일 한다고 바쁜 척, 센 척하며 사냐.'

이렇게 약속 날짜를 착각하는 일, 이미 내 손을 떠난 중요한 문서에서 오타를 발견하는 일, 현관문 비밀번호를 깜빡하는 일 등 사소하고 하찮은 일조차 마음먹은 대로 해내지 못하는 순간이 있다. 그때의 무기력함은 사람을 일순간 와르르 무너지게 만든다. 평소라면 분명 웃으며 넘길 수 있는 대수롭지 않은 실수여도 마음의 여유가 없을 때는 그 여파가 크다.

그럴 때, 자책의 늪에 빠져 있어 봐야 아무 소용없다. 자괴감에 빠져 있다고 이미 벌어진 문제가 해결되는 건 아니다. 그럴 땐 재빨리 생각 전환 스위치를 눌러야 한다. '그래, 사람이니까 그럴 수 있어. 인공지능 로봇도 아니고! 얼마나 인간미 있어?'라며 자신을 다독인 후 다른 곳으로 관심을 돌려야 한다. 무기력은 나의 유기력으로 지우면 된다. 내 기분을 좌지우지할 힘이 있는 사람은 나뿐이다.

이런 상황이 닥치면 나는 주로 귀여운 고양이가 나오는 동영상으로 무기력한 기분을 덮는다. 때로는 장바구니에 담아 두었던 쇼핑 목록을 클리어하고, 여행 계획을 짜며 내 능력과 가치를 충전한다. 원래 인간은 실수할 수밖에 없는 존재다. 실수하는 그 순간 무기력해지지만 돌아서면 또 금세 잊는다. 그 망각의 힘이 있기에 우리는 오늘을 살아가고 또 내일을 기대하며 살 수 있는 게 아닐까?

무기력은 나의 유기력으로 지우면 된다.
내 기분을 좌지우지할 힘이 있는 사람은 나뿐이다.

원래 인간은 실수할 수밖에 없는 존재다.
실수하는 그 순간 무기력해지지만
돌아서면 또 금세 잊는다.
그 망각의 힘이 있기에 우리는 오늘을 살아가고
또 내일을 기대하며 살 수 있는 게 아닐까?

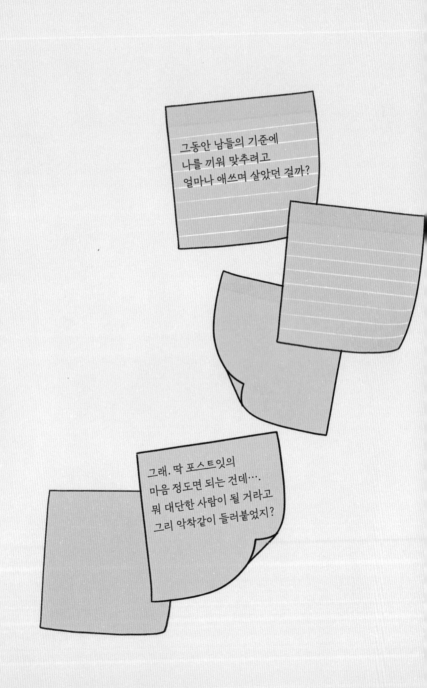

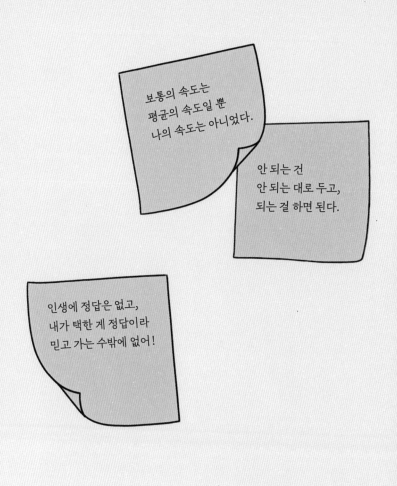

장래 희망은
귀엽고 현명한 할머니

귀엽고 현명한 할머니 지망생의

신년다짐

몸과 마음을 하얗게 불태운 프로젝트의 쫑파티 자리였다. 며칠째 제대로 잠을 못 잔 탓일까? 쫑파티고 뭐고 집에 가서 잠이나 실컷 자고 싶었다. 하지만 언제 다시 보게 될지 기약 없는 모두에게 마지막 인사를 해야 했다. 꺼져 가는 영혼의 불꽃을 겨우겨우 잡고 버티는 중이었다. 새벽 네 시가 가까워지는 시간. 피로에 취했는지 술에 취했는지, 아니 어쩌면 짜증에 취했는지 모를 선배의 한마디에 온몸이 굳었다.

"겨우 그거 하나 하면서 힘들다고 앓는 소리를 하냐?"

본인의 능력만 된다면 두세 개의 일을 맡는 게 전혀 이상하지 않은 프리랜서 세계에서 만난 선배의 입에서 나온 말이다. 10년 가까이 알고 지낸 사이고 새로운 프로젝트가 시작되면 잊지 않고 나를 불러 주는 늘 고마운 선배였다. 모든 부분에서 찰떡처럼 잘 맞는다기보다는 일과 관련된 부분에서 큰 트러블이 없었기에 짧지 않은 시간 동안 함께 일할 수 있었다.

선배가 큰 그림을 그리면 나는 주로 성실하게 실행하는 역할을 맡았다. 선배가 불이라면 나는 물이었다. 선배가 돌진하는 불도저라면 나는 세밀한 빗자루였다. 성격도 성향도 다르지만, 서로가 갖고 있지 않은 부분을 채워 주는 상호보완적인 관계라고 생각했다. 선배는 나를 전혀 모르는 사람도 아니었고, 그렇다고 아주 잘 아는 사람도 아니었다. 그저 일로 만난 사이였기 때문에 당연히 나를 일로 평가할 수 있는 사람이었다.

동시에 여러 프로젝트를 진행하는 게 일상인 선배의 눈에는 겨우 프로젝트 하나 하면서 허우적거리는 내 모습이 한심해 보였을지 모른다. 술을 먹긴 했지만 주사를 부릴 만큼 취하진 않았고, 그간 마음에 담아 두었던 마음의 소리가 나올 타이밍에 더 가까웠다. 얼큰하게 술이 오른 사람들의 수다 소리에 뒤섞여 흘러가 버린 말. 하지만 선배의 그 한마디는 비몽사몽 상태인 나를 정신이 번쩍 들게 했다.

그리고 생각했다. 나도 누군가의 땀과 노력을 쉽게 평가 절하했던 건 아닐까? 사람마다 그릇이 다르고 목표도 다른데 내 기준이 세상의 기준인 양 오만하게 평가했던 건 아닐까? 편협한 경험에 기댄 내 잣대에 주변 사람들을 욱여넣으려 애쓰는 건 아닐까? 이런저런 질문이 꼬리에 꼬리를 물었다. 취객들의 소음이 가득한 술집 한가운데에서 망망대해의 섬처럼 둥둥 떠 꽤 오래 생각했다.

연초에 친하게 지내는 사람들과 바빠서 미뤄 둔 송년회 겸 신년회를 했다. 때가 때이고 한 살을 더 먹은 만큼, 먼 훗날 자신이 어떤 모습이었으면 좋겠는지를 얘기할 기회가 왔다. 출산을 앞둔 누군가는 삶의 우선순위가 아이보다는 자신이길, 그래서 아이 앞에서 늘 당당한 엄마가 되고 싶다고 했다. 다사다난한 연애를 이제 막 끝낸 누군가는 나 아닌 누군가에 의해 삶이 좌지우지되지 않도록 내면의 힘이 강한 사람이 되고 싶다고 했다. 또 늘 경제적으로 쪼들리던 누군가는 로또 1등에 당첨되어 건물주가 되고 싶다고 했다. 내 차례가 왔을 때, 나는 당당히 말했다.

"귀엽고 현명한 할머니가 되고 싶어."

세기가 기억할 위인이 될 생각도 없고, 역사에 기록될 업적을 남길 능력도 없다. 하지만 지금부터라도 마음의 문을 활짝 열고 살면 '귀엽고 현명한 할머니'가 되는 게 그리 어려워 보이지는 않는다. 오만과 편견은 한강에 내던지고, 생각과 마음이

딱딱해지지 않도록 끊임없이 자극을 받고, 주변의 모든 것을 따뜻한 시선으로 바라볼 것이다. 그렇게 하루하루, 한 해 한 해 살다 보면 사물을 꿰뚫어 보는 안목과 식견이 쌓이지 않을까? 그런 시간이 쌓이면 대단한 지혜를 갖추지 못하더라도 괜찮다. 적어도 상대방의 열심과 노력을 "겨우 그거 하나 하면서 힘들다고?"라는 말로 함부로 깎아내리는 사람은 되지 않을 자신이 있다.

눈이 시리도록 푸르고 반짝이던 청춘은 이미 내 손을 떠난 지 오래다. 대신 이제 내 인상과 인생이 어떤 결실을 보게 될지 서서히 윤곽을 잡아야 할 시기가 왔다. 목표는 정해졌다. '귀엽고 현명한 할머니'라는 내 인생 마지막 캐릭터를 향해 지치지 말고 뚜벅뚜벅 걸어가야겠다.

오만과 편견은 한강에 내던지고,
생각과 마음이 딱딱해지지 않도록
끊임없이 자극을 받고,
주변의 모든 것을 따뜻한 시선으로 바라볼 것이다.

나는 귀엽고 현명한 할머니가 되고 싶으니까.

미용실 거울 앞에서 써 내려간

참회의 기록

　지난여름, 끝나지 않을 것처럼 맹렬했던 111년 만의 폭염이 서서히 물러날 기미가 보였다. 한동안 더위에 지쳐, 게으름에 찌들어 미뤄 뒀던 거사를 치르기 위해 집을 나섰다. 어깨까지 닿은 머리카락이 거추장스러웠다. 볼품없이 주저앉은 볼륨 없는 정수리가 보기 싫었다. 친구의 결혼식이 코앞인데 이 꼴로 갈 수 없었다. 전문가의 손길이 간절한 상태였다.

　길게 고민하지 않고 단골 미용실로 향했다. 익숙한 얼굴의 헤어 디자이너는 머리카락이 많이 자랐다면서 환하게 웃으며 반겼다. 미용실 가운을 입고 안내 받은 자리에 앉아 거울을 보는 순간 소스라치게 놀랐다. 미용실 거울 속의 내 모습은 조금 전 내 방 거울에서 봤던 내가 아니었다.

세상 모든 진실의 거울은 미용실에 있는 걸까? 거울 속에는 생기 없고 초라하고 피로감 가득한 얼굴의 티벳여우 한 마리가 뚱한 표정을 짓고 있었다. 전날 밤늦게까지 축구를 보면서 먹은 치킨이 떠올랐다. 그 치킨이 남기고 간 부기가 아직 오전이라 덜 빠져서 그런 것이라 믿고 싶었다. 머리를 질끈 묶고 두꺼운 머리띠를 하고 갔기 때문에 머리가 눌려서 그런 거라고 변명하고 싶었다.

"무더위 때문에 머리에 신경을 못 써서 엉망이네요"라며 헤어 디자이너가 묻지도 않은 말을 건넸다. 그는 "요즘 다 그렇죠. 올해 워낙 더워서…"라고 말끝을 흐렸다. 하지만 헤어 디자이너도 알고 나도 안다. 단순히 무더위 때문이 아니라 세월을 정통으로 맞은 원래의 내 모습일 뿐이라는 것을.

머리를 자르고 파마를 하는 짧지 않은 시간 동안 미용실 거울 속의 나는 여러 모습으로 변했다. 머리를 감으니 백두산 기타리스트 김도균, 머리를 자르니 마루코(일본 애니메이션 〈마루코는 아홉살〉이 주인공), 롤을 말면 만화 〈이따맘마〉의 엄마, 롤을 열처리 기계에 연결하면 메두사, 롤을 풀면 음악의 어머니 헨델, 중화 후 머리를 말리니 삼각김밥. 마지막으로 헤어 디자이너의 마법 같은 손길이 닿고서야 비로소 내가 알던 내 모습으로 돌아왔다.

시시각각 변하는 내 모습을 볼 때마다 많은 생각이 밀려왔다. 미용실 거울은 왜 이렇게 잔인할까? 사람의 못생김을 부각하는 특수 처리라도 한 걸까? 드라마틱한 After를 위한 진실의 Before가 필요한 걸까? 셀카를 즐겨 찍진 않지만 그래도 가끔 찍은 사진을 보면서 안심했다. 날로 발전하는 카메라 보정 기술 덕분에 사진 속 내가 진짜 나인 줄 착각하고 살았다. 착각의 늪에 빠진 나에게 미용실 거울은 말했다.

"착각하지 마! 너 원래 이렇게 생겼어."

세상에서 제일 잔인한 진실의 거울 앞에서 나는 참회의 시간을 가졌다. 뒤늦은 후회에 몸서리치며 스스로와 약속했다.

'노화를 앞당긴다는 단 음식을 줄이겠습니다. 자외선 차단제도 꼼꼼히 바르겠습니다. 숨쉬기 운동, 걷기 운동뿐만 아니라 근력 운동에도 힘쓰겠습니다. 마음 근육을 키우는 책도 끊임없이 읽겠습니다. 타성과 오만을 버리고 이렇게 자신을 돌아보는 시간을 자주 갖겠습니다.'

20대 같은 팽팽한 피부, 화산처럼 터져 넘쳐흐르는 젊음을 원하는 게 아니다. 시간의 흐름을 거스를 수도 없고, 거슬러서도 안 된다는 걸 충분히 안다. 요즘 유행한다는 젊은 친구들의 스타일이 이제는 나와 어울리지 않는다는 것도 잘 알고 있다. 이미 20대를 훌쩍 넘겼으니 노화는 급속히 진행 중이다.

내가 바라는 것은 그저 겉으로 보이는 젊음이 아니다. 흐리 멍덩한 생기 없는 눈이 아닌 새로운 자극과 마주할 때면 저절로 반짝이는 눈. 그리고 "요즘 것들이란. 쯧쯧" 같은 쓴 말을 내뱉는 고루한 꼰대의 입이 아닌 "응당 그럴 수 있어"라고 말하는 포용의 입. 원망과 분노의 흔적을 찾을 수 없는 환한 미소를 간직한 얼굴. 인정과 이해로 충만한 넓은 마음을 가진 어른이 되고 싶다.

시간이 흘러 미용실에 걸린 진실의 거울 앞에 섰을 때 내 모습은 어떨까? 또다시 이런 참회의 시간을 반복하지 않기 위해 이제부터 조금 더 부지런해지기로 했다.

내 얼굴의 미래는 ⋯⋯⋯⋯⋯⋯⋯⋯⋯⋯⋯⋯⋯⋯

⋯⋯⋯⋯⋯⋯⋯ 내가 결정하기로 했다

안경을 바꾸기 위해 단골 안경원을 찾았다. 새로 안경을 맞추고 싶다는 말에 안경사는 크고 복잡한 기계들이 있는 검사실로 나를 안내했다. 그곳에는 누가 써도 세상에서 제일 못생긴 사람으로 만드는 마법의 안경이 기다리고 있었다. 동그란 검사용 안경을 쓰고 한참 기계와 씨름을 한 후에야 안경테를 고를 기회가 왔다. 기존의 무겁고 두꺼운 뿔테가 지겨워 얇은 금속테 위주로 둘러봤다. 이런저런 안경을 쓰고 벗기를 여러 차례. 안경사는 내 얼굴을 한참 지그시 보더니 안경 몇 개를 추천했다.

"손님 얼굴이 '작은 편'이라 지금 그 안경은 크고, 이게 얼굴에 맞을 거예요."

안경사가 건넨 말이 마음에 훅 들어왔다. 손님 얼굴이 작은 편이라… 작은… 편…? 귀를 의심했다. 내 얼굴이 작은 편이라고? 기분이 하늘과 하이파이브했다. 입가에 미소가 번지는 걸 막을 수 없었다.

때로는 생판 모르는 남이 나에 대해 더 잘 알고 있을 때도 있다. 몇 마디 주고받았을 뿐인 의사들이 그랬고, 전문 상담사들이 그랬다. 그들은 자신이 쌓아 온 경험과 전문 지식을 바탕으로 나에 대해 분석했다. 그 말이 고객을 위한 립서비스라고 해도 전문가가 가진 직업이라는 타이틀에 홀려 곧장 믿었다. 내 방식대로. 나 좋으라고.

난 내 얼굴을 잘 모른다. 내 얼굴을 마주하는 순간은 고작 세수와 양치할 때 그리고 최소한의 화장을 할 때뿐. 그 시간을 다 합하면 하루 24시간 중 15분 정도가 될까? 거울을 보면서 내 얼굴이 마음에 들었던 적보다 그렇지 않은 적이 더 많다. 쌍꺼풀 없는 밋밋한 눈, 각진 턱, 작은 코와 입, 평평한 얼굴. 전형적인 미인상과는 거리가 멀다. 주변에는 의느님의 도움을 받아 환골탈태하는 친구들도 많았다. 하지만 난 얼굴에 칼을 댈 용기도, 돈도 없었다.

그래서 지금보다 외모에 관심이 많았을 때는 메이크업으로 얼굴의 단점을 보완하기 위해 애썼다. 답답한 작은 눈을 한층 크고 깊은 눈매로 만들어 주는 아이라인에 공을 들였다. 또 각진 턱을 더욱 부드럽게 만들기 위해 셰이딩 브러시로 쉴 새 없이 턱을 쓸었다.

언젠가 눈에 난 다래끼 때문에 며칠 아이라인을 그리지 못하고 안경을 쓴 채 출근한 적이 있다. 첫날은 세상 사람들이 못생긴 내 눈만 보는 것 같아 땅에 코를 박고 보냈다. 하지만 그것도 며칠 지나니 아무렇지 않았다. 처음에는 화장 안 한 눈이 허전하다고 했던 사람들도 나의 맨눈에 익숙해졌다. 어느덧 다래끼가 가라앉고 다시 화장을 해도 됐지만 더 이상 아이라인을 그리지 않았다. 그렇게 얼굴의 생명줄인 줄 알았던 아이라인과 작별했다.

거울을 끼고 살았던 때는 분명 존재감 없이 작은 눈, 개미무덤만 한 코, 자기주장 강한 광대, 몽골 초원처럼 드넓고 각진 턱만 보였다. 어차피 이렇게 생긴 거, 생긴 대로 살자 마음먹고 화장에 애쓰지 않고 산 지 N년. 이제는 내 얼굴에서 단점보다 장점이 더 보인다. 분명 노화가 시작되긴 했지만, 주름살이나 검버섯은 눈에 띌 만큼 드러나지 않는다. 뭐, 이만하면 나쁘지 않다.

불혹不惑. 사람들은 불혹이 얼굴에 책임을 져야 하는 나이라고 말한다. 살아온 인생의 흔적이 얼굴에 남기 때문이다. 유독

승객 연령대가 높기로 유명한 지하철 1호선에 탈 때면 오가는 어르신들의 얼굴을 힐끔힐끔 훔쳐본다. 비싼 명품 가방과 밍크 코트를 두르고 있어도 얼굴에 케케묵은 피곤과 짜증이 가득한 분들이 있다. 반면, 허름해도 얼룩이나 보풀 하나 없이 단정한 옷차림인 분들의 표정엔 여유와 인자함이 담겨 있다. 생기 없는 눈빛을 가진 어르신도 있는가 하면 훨씬 더 나이가 들어 보임에도 돋보기 너머의 눈빛은 아이처럼 초롱초롱한 어르신도 있다. 난 저분들 나이쯤 되었을 때 어떤 얼굴을 하고 있을까?

주체할 수 없는 악한 감정이 밀려들 때, 지하철 1호선에서 만난 어르신들의 얼굴을 떠올린다. 값비싼 명품 화장품이 피부 탄력은 높일 수 있을지 모르지만 마음의 탄력까지 높일 수는 없다. 성형외과 의사가 눈을 크고 선명하게 만들 수는 있지만 선한 눈빛을 만들 수는 없는 것처럼.

나의 장래 희망인 '귀엽고 현명한 할머니'에 어울리는 얼굴을 갖기 위해 일상생활에서 인자한 미소를 짓는 연습을 한다. 화가 나서 이마에 내 천川 자가 새겨질 일이 있어도 입 꾹꾹이를 한 번 하고 콧김으로 화를 내뱉어 버린다. 답답함에 머리가 지끈지끈 아플 때는 머리를 쥐고 인상을 쓰는 게 아니라 단 5분이라도 밖에 나가 찬바람을 들이마신다.

안 좋은 감정이 얼굴에 쌓이면 깊은 주름살과 독한 눈빛을 만든다. 내가 만난 수많은 어른의 얼굴이 그것을 증명했다. 내 얼굴의 미래는 내가 결정하기로 했다. 이제는 화장대에 값비싼 화장품을 채우는 대신 평온한 마음과 유연한 태도를 갖기 위해 힘쓸 것이다.

굳어 못 쓰느니,

차라리 닳아 못 쓰는 게 낫더라

얼마 전, 친구 K가 메시지로 내가 추천한 걷기 앱의 캡처 사진을 보내왔다. 오늘의 걷기 할당량을 채웠다는 인증 사진이었다. "조금 움직였다고 온몸이 쑤신다"는 짧은 메시지도 함께. 난 아낌없이 칭찬을 퍼부었다. 지극히 집순이 성향인 K의 도전에 채찍 대신 당근 무더기를 던졌다. K는 나의 걷기 예찬에 자극받아 무거운 엉덩이를 털고 집을 나섰다고 했다. 0과 1은 천지 차이다. 평소 활동량이 0이었던 K에게는 1 정도의 움직임도 몸에 무리였나 보다. 분명 격한 운동이 아니었음에도 쓰지 않던 근육을 쓰니 온몸이 쑤신다고 했다. K의 하소연에 아흔이 훌쩍 넘은 우리 할머니의 모습이 떠올랐다.

평생을 충청도 산골의 촌부로 살았던 친할머니. 어린 시절, 방학을 맞아 시골집에 내려온 우리 가족을 맞이하던 할머니의 모습은 한결같았다. 암모나이트 화석처럼 동그랗게 등을 말고 누워 있다가 인기척에 힘겹게 몸을 일으키던 모습. 그런 할머니를 보며 생각했다.

'사람은 나이 들면 저렇게 늙다가 굳어서 결국 하늘나라에 가는 거구나.'

다리가 쑤신다는 이유로 걷는 걸 피했던 할머니는 다리가 굳어 더욱 걷기가 어려워졌다. 걸을 수 없으니 멍하니 티브이를 바라보거나 잠을 자는 걸로 하루의 대부분을 채운다. 아흔이 넘은 할머니의 인생 중 활발하게 움직였던 시간은 얼마나 될까? 젊었을 때는 어땠을지 모르지만 적어도 내가 태어난 후로는 한 번도 없는 게 확실하다.

할머니의 노화를 보면서 생각하는 건 하나다. 사람은 움직이지 않으면 퇴화한다는 것. 근육은 쓰지 않으면 그대로 사라지고, 근육을 이용해 움직이는 신체 부위는 못쓰게 된다는 것이다. 등과 허리를 구부정하게 쭈그리고 앉아 온종일 방과 대청마루를 걸레질하던 할머니는 말 그대로 꼬부랑 할머니가 되었다. 쑤신다는 이유로 다리 쓰는 일을 힘들어하던 할머니는 결국, 구부러진 그대로 다리가 굳어 버렸다. 봄이 와도 새잎 하나 돋지 않는 생기 잃은 고목처럼 이부자리 위에서 하루하루 그대로 굳어 가고 있다. 움직임도, 말도, 총기도 잃은 할머니는 어쩌면 메마른 입 대신 온몸으로 말하고 있는지 모르겠다.

'손녀딸아. 내가 90년 넘게 살아 보니 굳어 못 쓰게 되는 것보다 닳아 못 쓰는 게 낫단다.'

한때 닳아 없어질까 봐 뭐든 아끼던 시절이 있었다. 말도 생각도 마음도. 마음을 쓰는 건 귀찮고, 또 내 마음을 다 드러내는 건 내가 가진 밑천을 보여 주는 것 같았다. 그래서 애써 괜찮은 척, 아무렇지 않은 척 마음을 숨기곤 했다. 안에서 고약한 냄새를 풍기며 썩어 가는 걸 모르고. 밖으로 드러내면 다치고 상처 입을까 봐 꼭꼭 숨겼다. 웅크린 말, 생각, 마음은 혼자 일어설 힘이 없다. 그 자리에서 굳어 그대로 고집과 아집이 된다.

군살 없이 근육이 탄탄한 사람의 몸을 볼 때면 감탄이 터져 나온다. 단순히 몸 자체가 아름다워서가 아니라 그 상태를 만들기 위해 절제하고 투자했을 시간이 눈에 보이기 때문이다. 내면이 건강하고 탄탄한 사람을 볼 때 역시 감동이 밀려온다. 그런 사람들을 알아볼 수 있는 지표가 있다. 바로 맑은 눈빛과 얼굴빛. 겉으로는 화장하고 화려한 옷을 입어 꾸밀 수 있다. 하지만 눈빛과 안색은 꾸민다고 꾸며지는 게 아니다. 속이 시끄러우면 그 기운이 눈과 얼굴에 고스란히 나타난다.

근육이 생기기 위해서는 몇 가지 필수 요소가 있다. 단백질 위주의 넉넉한 영양분, 꾸준한 운동, 충분한 휴식. 이 세 가지가 충족되면 근육은 잘 자란다. 몸의 근육뿐만 아니라 마음이나 생각의 근육 역시 마찬가지다. 영양, 운동, 휴식의 삼박자가 적당히 균형을 이뤄야 마음과 머리에 탄탄한 근육이 생긴다.

마음과 뇌가 굶지 않도록 끊임없이 먹을거리를 줘야 한다. 책을 읽고, 전시회에 가고, 가 보지 않은 길을 걷고, 사람들을 만나 신선한 자극을 차곡차곡 쌓아야 한다. 마음을 표현하고, 마음을 건네고, 종종 그 누구에게도 방해받지 않는 충분한 휴식 시간을 가져야 한다. 그렇게 성실한 시간을 보내면 분명 자신도 모르는 사이에 내면의 근육이 차오를 것이다.

애써 괜찮은 척, 아무렇지 않은 척 마음을 숨기곤 했다.

안에서 고약한 냄새를 풍기며 썩어 가는 걸 모르고.

밖으로 드러내면 다치고 상처 입을까 봐 꼭꼭 숨겼다.

웅크린 말, 생각, 마음은 혼자 일어설 힘이 없다.

그 자리에서 굳어 그대로 고집과 아집이 된다.

가르마를 바꾸다 만난 ·····················

····················· 흰머리

  늦은 저녁 집으로 돌아가는 지하철 안, 별생각 없이 스마트 폰을 만지던 중 흥미로운 동영상 하나가 눈에 들어왔다. 이름 난 헤어 디자이너가 출연한 그 동영상의 주제는 '가르마 연출 법'이었다. 가르마를 바꾸는 것 하나로 얼굴형 커버부터 분위 기 변신까지 마법 같은 변화가 이어졌다. 시간 가는 줄 모르고 영상에 빠져들었다. 헤어 디자이너는 매일 똑같은 가르마를 타 면 자외선이 닿으면서 가르마 탄 두피가 약해질 수밖에 없다 며, 가르마를 바꿔 주는 습관을 들이면 두피도 보호되고 뿌리 볼륨도 잘 산다고 했다.

  난 항상 유지하던 단발 스타일에서 탈출하기 위해 머리를 기르는 중이다. 당장이라도 칼단발로 자르고 싶은 욕구를 참고 있다. 이제 어느덧 일명 '거지존'으로 불리는, 머리끝이 쇄골에 닿는 중단발 길이까지 왔다. 가뜩이나 어정쩡한 얼굴인데 어정쩡한 머리카락 길이가 더해져 못생김이 폭발하던 차였다. 동영상을 본 후 가르마라도 바꾸기로 생각했다.

다음 날, 영상 속 헤어 디자이너의 당부를 떠올리며 머리를 말린 후 평소와는 다른 방향으로 가르마를 탔다. 평소 오른쪽 뺨의 6:4 지점에서 가르마를 타서 오른쪽에서 왼쪽으로 머리카락을 넘기는 상태를 유지했다. 제대로 마음먹고 왼쪽에서 오른쪽으로 6:4 비율로 가르마를 탔다. 헤어 디자이너의 말대로 가르마를 바꾸니 늘 눌려 있던 머리의 볼륨이 마법처럼 살아났다. 그제야 자외선이 닿지 않아 뽀얀 가르마가 드러났다.

미묘하게 분위기가 바뀐 거울 속의 나를 천천히 들여다보다 무언가를 발견했다. 눈치 없이 삐죽 튀어나온 흰머리 한 가닥. 새치가 나는 게 당연한 나이지만 마주할 때마다 낯설다. 친구들 중 몇몇은 이미 새치 염색이라는 피할 수 없는 강을 건넜다. 난 새치 염색까지는 아니지만 이렇게 흰머리를 발견하는 횟수가 점점 늘어나고 있다.

이제는 몸에 나타나는 노화의 증거들을 마주하는 게 흔한 일상이 됐다. 약이나 화장품 등에 깨알같이 적힌 주의사항, 사용 방법을 읽을 때면 눈을 한참 찡그려야 초점을 맞출 수 있다.

눈가에는 정체 모를 거뭇거뭇한 잡티와 색소 침착의 흔적이 하나둘 늘어 간다. 세수한 후 바로 뭔가를 바르지 않으면 얼굴이 찢어질 듯 건조하다. 하룻밤을 새우면 이틀의 시간은 들여야 몸이 회복된다.

언젠가 술자리에서 친구가 말했다. 일상 속에서 한 번씩 노화의 증거를 마주할 때마다 슬퍼서 눈물이 찔끔 난다고. 자신은 단 한 번도 빛난 적 없는 것 같은데 '청춘의 사형선고'를 받은 듯한 기분이 든다고 했다. 그 자리에 함께했던 친구들 모두 고개를 끄덕였다. 그때 나는 물었다. 다시 그 시절 청춘으로 돌아가고 싶냐고. 다들 고개를 절레절레 흔들었다. 불안함에 가시를 바짝 세운 고슴도치 같았던 때로 돌아가긴 싫다고 했다. 그때나 지금이나 집, 차, 돈, 커리어 무엇 하나 제대로 갖춘 게 없는 건 매한가지다. 그래도 지금은 '경험'이란 무기가 있어 살 만하다고 인정했다. 노화와 경험은 1+1 패키지 상품이다. 경험을 얻기 위해 시간을 소비했으니 노화가 따라오기 마련이다.

나이가 들면 당연히 마주하게 되는 노화의 증거들. 처음에는 당황스러웠지만 이제는 약속 시간 딱 맞춰 온 성실한 친구를 만난 기분이다. 태어났으면 성장하고, 성장이 끝나는 순간 서서히 늙어 가다가 결국 죽음을 맞이하는 게 인간의 순리일 테니. 한 발짝 한 발짝 죽음이라는 엔딩을 향해 가고 있는 정직한 증거일 테니. 하나의 노화가 왔다는 건 나의 경험치 레벨이

한 단계 상승했다는 의미로 받아들이고 있다. 그래서 멀어져 가는 청춘을 잡기 위해 안티에이징 크림을 바르고, 나에게 어울리지 않는 요즘 젊은이들 취향의 옷을 입는 일 따위는 하지 않는다.

얼마 전, 계절이 바뀌는 타이밍에 맞춰 옷장 정리를 했다. 이제 더는 입지 않을 옷 한 보따리를 재활용 의류 수거함에 넣었다. 스키니 스타일이 유행하던 시절에 입었던 쫙 달라붙는 옷이나 맨살이 많이 드러나는 옷이 주를 이뤘다. 그 옷에 몸을 구겨 넣기에는 군살도 늘었고, 무엇보다 몸을 조이는 옷이 주는 불편함을 참지 않아도 된다는 경험이 생겼다. 몸매가 드러나고 몸을 조이는 옷이 나와 잘 어울리지 않는다는 걸 알았기 때문이다. 옷도 마음도 '여유'가 있어야 살기 편하다는 걸 이제는 안다.

노화는 서서히 인생이 저물어 간다는 뜻이기도 하지만 동시에 지금까지 별 탈 없이 잘 살아왔다는 인생의 훈장이기도 하다. 그래서 난 백발도 잘 어울리고 분위기 있는 주름살도 가진 귀엽고 현명한 할미니가 되는 날이 벌써 기다려진다.

67쪽의 메시지를 다시 한 번 되새겨 보길 바랍니다.
"꼬이지 않은 당당함이 나를 더 아름답게 만든다."

따뜻한 아이스 아메리카노 ······················

······························· 같은 사람

    몇 해 전, 한 프로젝트를 준비할 때였다. 막 합류했을 때 K 부장님이 총괄을 맡았다는 소식을 들었다. K 부장님은 까다롭기로 회사 내에서 첫손가락에 꼽히는 인물이었다. 나는 이전에 K 부장님과 손발을 맞춰 본 경험이 있었다. 반가운 마음 반, 그리고 앞으로 고난의 행군이 시작되겠구나 싶은 마음이 반씩 사이좋게 차올랐다.

    본격적으로 프로젝트가 시작되자 우려가 현실이 됐다. 까다로운 K 부장님과의 회의가 끝나고 나면 팀 분위기는 초토화됐다. 부장님의 까다로움과 예민함을 처음 경험한 팀원들은 서서히 지쳐 갔다. 우리는 살길을 찾아야 했다. 다른 팀원들에 비해 부장님의 성향을 조금 더 알고 있던 나는 회의를 준비하는

후배에게 말했다.

"회의용 커피 주문할 때 K 부장님 커피는 뜨거운 아메리카노! 마지막에 얼음 다섯 개 넣어 달라는 거 잊지 마."

의아해하는 후배의 어깨를 다독이며 다 쓸모가 있는 주문이니까 이따 부장님의 반응을 보라고 확신에 차서 말했다. 나도 처음엔 저게 무슨 주문인가 싶었다. 따뜻한 커피가 마시고 싶으면 아메리카노, 시원한 게 마시고 싶으면 아이스 아메리카노를 시키는 일반 사람들과 분명 다른 취향이었다. 영화 〈악마는 프라다를 입는다〉 속 최악의 상사 미란다의 커피 심부름 수준까지는 아니어도 흔치 않은 취향인 건 확실했다.

하루에도 여러 잔의 커피를 마시는 K 부장님. 뜨거운 커피를 좋아하지만, 성격이 급한 탓에 자칫 바로 마셨다가는 입 안을 데기 일쑤였다. 그래서 주문할 때 얼음 다섯 개를 넣어 바로 마시기 적당한 온도로 낮추는 것이었다. 부장님을 따라 몇 번 시도해 봤는데 진한 커피를 좋아하지 않거나 성격 급한 사람에게 딱인 커피였다.

K 부장님은 우리가 신경 써서 준비한 커피를 마시고 기분 좋게 회의를 시작했다. 꼭 그 커피 때문은 아니겠지만, 얼음을 동동 띄운 적당한 온도의 따뜻한 아메리카노처럼 너무 뜨겁지도, 너무 차갑지도 않은 적당한 온도의 회의를 실로 오랜만에 하게 됐다. 그날 이후 후배는 K 부장님이 참석하는 회의에는

내가 따로 부탁하지 않아도 알아서 얼음 다섯 개를 넣은 아메리카노를 준비했다.

한동안 잊고 있던 K 부장님의 커피 취향이 새삼 떠오른 건 어떤 사람의 성향을 커피에 비유한 글을 본 직후였다. 평소 무기력하고 시니컬하지만, 자신의 취향에 대해서만큼은 한없이 따뜻하고 열정적인 사람을 보고 누군가 '따뜻한 아이스 아메리카노' 같은 사람이라 평했다. 냉소적이지만 따뜻한 마음을 가진 사람이라고나 할까? 어느 하나 놓치고 싶지 않아 짬짜면을 탄생시킨 민족다운 표현법이라 생각했다.

그 표현을 듣는 순간 '이거다' 싶었다. 사람이 커피라면, 나는 딱 따뜻한 아이스 아메리카노 같은 사람이 되고 싶다. 한없이 차갑지도 뜨겁지도 않은, 따뜻함과 냉정함이 공존하는 존재. 나란 인간은 태생이 라테처럼 부드럽지도 않고 에스프레소처럼 진하지도 않다. 그렇다고 캐러멜 마키아토처럼 달달하지도, 카푸치노처럼 거품이 많지도 않다. 그저 심플하고 질리지 않는 아메리카노 같은 텐션을 유지하며 살았다. 하지만 때에 따라 너무 뜨겁거나 너무 차가워지는 게 단점이었다. 중간이 없었다. 사회생활 초기에는 초라한 나를 감추려 사방에 얼음벽을 치며 엘사 놀이를 했고, 일이 손에 익으면서는 내일이 없는 것처럼 화르르 타올라 하얗게 재가 되어 바람에 날리기도 했다.

그런데 한 해 한 해 나이를 먹으면서 느끼는 건 일하면서 재가 될 만큼 나를 뜨겁게 불태울 필요가 전혀 없다는 사실이다. 또한 냉정을 넘어 냉혹하게 자기 객관화할 필요도 없다. 내가 아니어도 나를 냉정하게 볼 사람은 차고 넘친다. 굳이 거기에 나까지 숟가락 얹을 필요는 없다. 가장 먼저 나를 따뜻하게 보듬어야 할 사람은 바로 나다. 그래서일까. 그저 온기가 느껴질 정도의 따뜻함을 가진 아이스 아메리카노야말로 내가 닮고 싶은 삶의 목표다.

지금도 카페에서 아이스 아메리카노를 홀짝이며 이 글을 쓰고 있다. 각자 자기의 커피를 앞에 두고 작업에, 수다에, 업무에, 책에, 공부에 빠져 있는 여러 사람들이 보인다. 기회가 된다면 사람들에게 묻고 싶다.

사람이 커피라면, 당신은 어떤 커피인가요?

그 많던 언니들은 어디로 갔을까?

대학 시절, 학교를 제외하고 내가 가장 많은 시간을 보낸 곳은 학교와 멀지 않은 번화가에 있던 작은 음반 가게였다. 그곳에서 3년 넘게 아르바이트를 했다. 평소 음악 듣는 걸 좋아하기도 했고, 큰 물리적 힘이 필요하거나 심리적 스트레스가 많은 일도 아니어서 여러모로 내향적 성향인 나와 잘 맞았다. 그래서 대학교 2학년 여름 방학 때 시작해 졸업하고서도 한동안 그곳에서 용돈 벌이를 했다. 허름한 음반 가게 창밖으로 버스를 기다리는 사람들을 구경하기도 하면서 대학 시절의 반 이상을 보냈다.

단골손님 중 유독 키가 컸던 사람이 있다. 30대 초반 나이에

체격이 호리호리했던 S 언니. 가수 이승환의 열혈 팬이었던 언니는 그의 새 음반이나 비슷한 분위기의 음악을 하는 가수들이 앨범을 낼 때면 어김없이 우리 가게를 찾았다. 얼굴을 익히고 말을 섞는 횟수가 잦아지면서 뜨내기손님과는 다른 친분을 쌓았다. 이승환의 새 음반이 나올 때면 언니를 위해 따로 포스터를 여러 장 챙겨 두곤 했다. 포스터를 곱게 말아 건네면 언니는 세상을 다 가진 듯한 표정으로 받아 들었다. 일개 아르바이트생의 선의를 기쁘게 받았던 언니는 나에게 가슴에 품고 온 간식들을 건넸다. 그렇게 단골손님 이상의 관계를 이어 가던 어느 날, 언니가 내게 달콤한 제안을 했다.

"이승환 좋아해요? 콘서트 같이 갈래요?"

나보다 열 살은 더 많았지만 늘 단정한 존댓말을 썼던 S 언니. 1~2만 원짜리 공연도 아닌 이승환 콘서트에 함께 가자고? 가끔 보는 음반 가게 아르바이트생에게 콘서트를 가자고 제안하다니. 같이 갈 사람이 없나? 20대 초반의 나는 의아했다. 적지 않은 티켓 값 때문에 주저주저하는 가난한 아르바이트생의 상황을 눈치챈 언니는 내 고민을 한마디로 정리했다.

"몸만 오면 돼요. 서른 넘으니까 함께 공연 보러 갈 친구가 없네요."

얼굴은 웃고 있었지만 S 언니의 말끝에서 쓸쓸함이 느껴졌다. 서른이 되면 공연 보러 갈 친구도 다 사라지는 걸까? 겨우

20대 초반이었던 난 그때부터 서른에 대한 막연한 공포가 생겼는지도 모른다. 당시의 서른은 요즘의 서른과 달랐다. 20대 시절 함께 콘서트를 다니고 환호성을 지르던 언니의 친구들은 서른이 되기도 전에 가정을 꾸리고 엄마가 됐다. 싱글 시절처럼 자유롭게 공연을 보러 다니거나 친구들과 시간을 가질 여유가 없었다. 그렇게 언니는 콘서트 메이트들을 하나둘 잃고 홀로 남겨졌다.

그때만 해도 지금처럼 혼밥, 혼영 같이 혼자 무언가를 하는 게 흔한 일은 아니었다. 특히나 외향적인 성격이 아닌 S 언니는 같이 갈 사람이 없으면 콘서트를 포기해야 했다. 그러다 언니의 레이더망에 우연히 내가 들어온 것이다. 나는 거절할 이유가 없었다.

콘서트 당일, 언니는 자신의 차로 나를 데리러 왔다. 가수의 땀구멍까지 보이는 무대 맨 앞에서 땀을 쏟으며 공연을 즐겼다. 공연이 끝난 후에 언니는 땀에 절은 날 집 앞까지 데려다줬다. 대신 나는 공연을 보기 전 식사와 커피를 대접했다. 물론 다 합쳐도 콘서트 티켓 값의 절반에도 못 미치는 가격이었지만 그게 내가 할 수 있는 최선의 인사였다.

까맣게 잊고 지낸 S 언니가 다시 떠오른 건 얼마 전, 티브이에서 하는 이승환의 공연을 볼 때였다. 코로나19로 쑥대밭이 된 공연계와 집 안에 갇혀 괴로워하는 사람들을 위해 마련된 '방구석 콘서트'. 시간은 20년 가까이 흘렀지만, 무대 위의 이승환은 여전했다. 가슴 절절한 그의 공연을 보고 있자니 오랫동안 잊고 지냈던 언니의 얼굴이 떠올랐다.

어디선가 S 언니도 이 공연을 보고 있을까? 지금은 중년이 훌쩍 넘었을 언니. 가정을 꾸려 아내로, 엄마로 성실하게 살아가고 있을 수도 있다. 어쩌면 여전히 싱글 라이프를 즐기며 이승환의 공연에 꼬박꼬박 출석 도장을 찍는 성실한 열혈 팬일 수도 있다. 어떤 모습, 어떤 상황이든 언니가 선택한 삶 속에서 행복하길 바랄 뿐이다.

좋아하는 걸 마음껏 즐기려면 경제적 안정이 제일 먼저 뒷받침되어야 한다는 걸 알게 해 준 S 언니. 그를 비롯해 내 인생에는 많은 언니가 있었다. 옷은 물론 정서적 가치관도 물려준 두 명의 친언니를 비롯해 늘 가까운 거리에서 크고 작은 영향을 준 언니들. 또 S 언니처럼 잠시 스쳤지만 큰 깨달음을 안겨 준 언니들두 있다.

'여성스럽다'가 여성의 매력에 관한 최상의 칭찬인 줄 알았던 나의 편견을 깨 준 멋쁨의 정석, 고등학교 선배 J 언니. 밥벌이하고 있는 이 직업의 가치관을 바로잡아 준 첫 사수 Y 언니. 변호사라는 성공한 삶에 잠시 브레이크를 밟고 아프리카로

훌쩍 날아간 용기의 아이콘 M 언니. 간호사라는 안정된 직업과 환경에 만족하지 않고 적지 않은 나이에 유학을 떠난 도전 중독자 H 언니….

피부 자극을 최소화하는 제모 방법부터 공공 기관에서 쫄지 않는 법, 끈덕지게 따라붙는 진드기 같은 인간을 떼어 내는 노하우, 무례한 존재에게 우아하게 한 방 먹이는 기술, 상대방의 마음을 내 것으로 만드는 비법 등 인생의 크고 작은 꿀팁들을 안겨 준 수많은 멋진 언니들. 캄캄한 망망대해에 외롭게 떠 있던 나에게 환한 불빛으로 가는 길을 알려 준 등대 같은 존재들이다. 그들이 있어 삐뚤어지지 않고, 포기하지 않고, 무너지지 않고 살아갈 수 있었다.

어느새 나도 누군가에게 '어떤 언니'로 기억될 나이다. 내 인생의 교과서가 되어 준 언니들만큼의 영향력이나 삶의 완성도가 있는지는 모르겠다. 여전히 나는 앞서가는 언니들의 발뒤꿈치를 숨차게 쫓아가며 흉내 내고 있다. 어쩌면 알게 모르게 내 뒤를 따라 걷고 있을 후배들, 동생들에게 '잘못된 지도'가 되지 않기 위해 부지런히 내 길을 걸어가는 중이다. 그렇게 성실하게 내 몫의 하루를 채우다 보면 언젠가 나도 누군가에게 '괜찮은 언니'로 기억되지 않을까?

외로운 어른이 ⋯⋯⋯⋯⋯⋯⋯⋯⋯⋯

⋯⋯⋯⋯⋯⋯⋯⋯⋯⋯ 되지 않는 법

번화가에서 도보 10분 거리의 평범한 주택가. 초등학교 때 이사 온 이후 30년 넘게 이 동네에서 살고 있다. 낮은 단독주택이 하나둘 허물어져도 세련된 고층 아파트가 아닌 고만고만한 빌라가 들어서는 전형적인 구도심. 그런데 몇 해 전부터 골목 귀퉁이 상가 건물 1층에 젊은 사장님들이 야심 차게 오픈한 작은 가게들이 하나둘 생겼다.

우리 집을 중심으로 12시 방향에는 수제 케이크 가게, 3시 방향에는 향초 공방, 6시 방향에는 금속 공예 공방, 9시 방향에는 꽃집이 차례로 오픈했다. 가게 밖에 쓰여 있는 홍보용 SNS 계정을 검색해 들어가 보니 밖에서만 보는 것과는 또 달랐다. 하나같이 20~30대 젊은 주인들의 취향이 고스란히 드러나는 트렌디한 아이템으로 중무장한 곳이었다. 그 가게들을 지날 때마다 청춘의 패기를 무기 삼아 도박 같은 도전을 했을 젊은 사장님들이 부디 원하는 결과를 얻기를 바랐다.

청춘들의 도전을 응원하는 나와 달리 칠십 평생 오직 장사라는 한 우물만 팠던 아빠는 혀부터 찬다.

"여기서 무슨 장사가 되나? 장사는 무조건 목이 좋아야지."

경력 50년 차 프로 장사꾼의 눈에는 후배들의 오판이 눈에 보였나 보다. 평생 장사로 사 남매를 키운 아빠에게 유동 인구도 별로 없는 한적한 주택가에 자리 잡은 장사 풋내기들의 도전은 어쩌면 어린애들의 소꿉놀이로 느껴졌을지 모를 일이다. 매번 그곳을 지날 때마다 아빠의 남의 집 자식 걱정은 고장 난 라디오처럼 반복 재생된다. 그럴 때마다 나는 일면식도 없는 젊은 사장님들 편에 서게 된다.

"아빠! 남의 집 자식은 사장님이라도 됐지! 아빠 딸은 조직의 부속품처럼 쓰이다 닳아 없어질 지경이야. 남의 집 자식 걱정할 게 아니라 아빠 딸부터 걱정해!"

시대가 바뀌었고 좋은 위치보다 중요한 게 제품의 질과 입소문이라고 설득해도 소용이 없다. SNS에서 유명세를 타면 위치가 어디든, 가격이 얼마든 사람들은 다 찾아온다고 했는데도 믿지 않는다. 대한민국은 배달, 택배 문화가 발달해서 배송

상품이 하루 안에 전국 팔도 안 가는 곳이 없다고 말해도 귀를 닫는다. 50년 가까운 시간 동안 아빠가 몸으로 부딪치며 쌓아 올린 견고한 장사의 세계에서는 감히 통하지 않는 변명이다. 손님이 선생님이고, 손해가 오답 노트였을 아빠. 50년간 손님과 얼굴을 맞대며 쌓은 장사 철학의 기준에서 요즘 사람들의 장사 방식은 도무지 납득이 가지 않는 장사법인 것이다.

사람은 각자 '자기 경험'이라는 견고한 벽으로 둘러싸인 세계에 갇혀 산다. 나이가 들수록 고집스러워지는 건 다 자기 안에 정답을 가지고 있기 때문이다. 그 기준에 조금만 어긋나도 오답일 뿐, 자신의 경험을 통해 얻은 논리는 100점이고 나 아닌 타인들의 논리는 0점이다. 세상이 바뀌었고 예전의 방식으로는 통하지 않는다는 걸 머리로는 알면서도, 가슴으로 쉽게 인정 못 하는 어른들을 많이 봐 왔다. 그 변화를 인정하는 순간, 자신이 살아온 세월과 신념이 무너진다고 느끼는 걸까? 지금껏 나는 그 무너지지 않는 통곡의 벽 앞에 주저앉아 수없이 좌절했다.

어느새 나도 자기 경험이 제법 쌓였다. 나 역시 종종 후배들의 생각과 행동이 이해가 가지 않을 때가 있다. '이렇게 하면 더 편한데', '이 방법이 더 쉬운데'라고 묻지도 않은 조언이 목구멍까지 차오른다. 하지만 이성의 끈을 붙잡고 꾹 참는다.

그건 내 시대의 방식이다. 이 친구들의 시대에는 또 이들만의 방식이 있다. 그러니 내 시대의 방식을 굳이 강요할 필요가 없다. 그때가 옳았다고 해서 지금도 그 방법이 옳다는 법은 없다. 과거의 오답이 지금은 정답이 될 수 있다. 머리가 더 딱딱해지기 전에 지금부터라도 시대의 변화와 세대 차이를 인정하는 유연한 마음을 가지려고 한다. 그래야 홀로 늙는 외로운 어른이 되지 않을 테니.

고리타분한 꼰대가 되기 싫다면, 203쪽의 메시지를 기억하세요.

할머니가 된 후에도 ·············
 ············· 떡볶이를 좋아할까?

집 근처 동네 시장 한 귀퉁이에 오래된 즉석 떡볶이집이 있었다. 지금은 추억 속으로 사라졌지만 그곳은 신당동 스타일의 떡볶이로, 짜장이 살짝 들어간 양념 맛이 특별했다. 줄을 설 정도는 아니었지만 꾸준히 손님이 있었다. 한곳에서 오래 자리를 지킨 만큼 손님 층은 다양했다. 주머니 가벼운 10대 중고생이나 대학생, 군인이 특히 많았다. 그 외에도 서로 떡볶이를 먹여 주며 데이트를 하는 20대 커플, 아이 손을 잡고 총출동한 단란한 가족까지 나이도, 성별도, 직업도 가지각색이었다.

그곳에 갈 때면 매번 머리가 희끗희끗한 어르신 손님들에게 눈길이 오래 닿았다. 요즘의 떡볶이집과 달리 덜 자극적인 맛이어서였는지 노년층 손님 비율도 높았다. 쌍둥이처럼 똑같은

뽀글뽀글 파마 머리를 하고 앉아 떡볶이를 후후 불어 드시던 할머니 손님들, 할아버지 턱에 묻은 떡볶이 국물을 조심조심 닦아 주던 할머니, 어린 손녀가 먹기 좋게 떡볶이를 물에 씻어 주던 할아버지까지. 떡볶이를 맛나게 드시던 어르신들의 모습이 오랫동안 머릿속에서 지워지지 않았다. 내 주위의 어르신들은 자극적인 맛 때문에 떡볶이를 멀리했다. 그래서 내 머릿속에 떡볶이란 교복 입은 학생들이나 젊은 여성들이 주로 즐겨 먹는 음식이라는 지독한 편견이 있었다. 이런 편견을 비웃듯 맛있게 떡볶이를 드시던 어르신 손님들을 보며 궁금증 하나가 머릿속을 둥둥 떠다녔다.

'언젠가 내가 저 어르신들의 나이가 된 후에도 지금처럼 떡볶이를 좋아할까?'

오늘날까지 난 수백, 수천 접시의 떡볶이를 먹었다. 대한민국의 많은 여성처럼 내게 떡볶이는 단순한 분식이 아니다. 영혼의 허기를 충전해 주는 소울 푸드이자 빠르고 값싸게 배를 채워 준 살크업(살+벌크업) 메뉴다. 고백컨대 내 살의 8할은 떡볶이다. 압축된 탄수화물에 달고 짜고 매운 자극적인 양념이 더해져 다이어트의 적으로 불리는 떡볶이. 하지만 나에게 떡볶이는 마음 치료제이자 에너지 보충제다.

소화력이 떨어져서인지 입맛이 변해서인지, 이제 매운 떡볶이는 예전만큼 즐겨 먹진 않는다. 하지만 보통 맛의 떡볶이는 여전히 자주 먹는다. 감당할 수 없는 스트레스를 받거나, 식단 조절 중 치팅데이 때면 제일 먼저 생각나는 음식 역시 떡볶이다. 매콤달콤한 양념이 잘 밴 말랑한 떡을 씹으면 기분도 달달하고 말랑해진다. 인내, 자비, 친절은 탄수화물에서 나온다는 온라인 세상 21세기 현자들의 말은 진리였다.

체하는 느낌이 뭔지 모를 정도로 강철 소화력을 뽐내던 10~20대에 비해 지금은 한 끼 과식하면 두 끼는 건너뛰어야 한다. 불건전한 음식을 먹으면 바로 몸과 피부에 드러난다. 그래서 기름지고 자극적인 음식을 점점 멀리하게 됐다. 대신 엄마가 왜 고기보다 나물이 더 맛있다고 했는지 그 뜻을 서서히 알아 가고 있다. 물컹한 식감 때문에 어릴 때는 쳐다보지도 않았던 버섯, 호박, 가지가 가진 본연의 단맛을 즐기게 됐다.

소화기관의 노화는 자연스레 미각까지 영향을 미치나 보다. 소화를 시키지 못하니 맛있다고 느끼던 음식도 예전보다 맛이 덜하다고 뇌가 인식하는 걸까? 쉽고 간단하고 맛있는 라면을 매일 먹으며 살고 싶다고 생각한 시절도 있었다. 하지만 이제 국물에 기름이 둥둥 뜬 라면을 예전처럼 연달아 먹지 못한다. 즉석밥 특유의 냄새 때문에 귀찮아도 직접 밥을 해 먹는다.

나이가 든다는 건 참 아이러니하다. 몸은 둔해지는 반면 감각은 예민해진다. 마음속 뾰족함은 제법 둥글둥글해졌는데 내가 정한 선을 침범해 오는 건 참을 수가 없다. 이대로 살다가는 내가 제일 되고 싶지 않은 미래의 모습인 '고집스러운 꼬장꼬장한 할머니'가 되는 건 아닐까 섬뜩한 생각이 들었다.

　그래서 인생 목표를 '떡볶이'로 잡았다. 할머니가 되어서도 떡볶이를 맛있게 먹을 수 있는 치아와 소화력을 유지하기 위해 건강 관리에 신경 쓰기로. 더불어 감각 관리에도 힘쓸 것이다. 요즘 젊은이들이 먹는 음식이라면 무조건 손사래 치는 닫힌 입맛과 취향의 소유자가 되고 싶진 않다. 새로운 것이라면 움츠리지 않고 도전하는 활짝 열린 할머니가 되고 싶다. 그래서 당장 오늘부터라도 콘크리트처럼 굳어 버린 내 취향만 고집하지 않기로 했다. 대신 어떤 소스를 입히든 그 맛에 따라 자유자재로 변신하는 말랑한 떡볶이의 자세로 살 것이다.

같이 한 여행, ⋯⋯⋯⋯⋯⋯⋯⋯⋯⋯

⋯⋯⋯⋯⋯⋯⋯⋯⋯ 다르게 꽂힌 시선

"이번 여행에서 뭐가 제일 기억에 남아?"

부모님과의 여행을 마칠 때쯤 꼭 물어보는 질문이다. 대개 현지 공항에 앉아 한국으로 돌아가는 비행기를 지루하게 기다릴 때가 이 질문을 할 적기다. 단순하고 평범한 질문이지만 내가 직접 기획, 투자, 진행한 '막내딸 투어'에 대한 만족도 평가이자 다음 여행 준비를 위한 첫걸음이다. 평생 무한반복이었던 '세끼 고민'에서 해방되는 여행은 뭐든 다 좋다는 엄마. 반면 아빠는 매번 에두르는 법 없이 자신의 의견을 콕 짚어 말하는 까다로운 고객이다.

지난번, 가족 모두 다 같이 떠난 일본 가고시마 여행에서도 마찬가지였다. 이미 몇 해 전 후쿠오카 유후인으로 모녀 여행을 갔던 터라 엄마에게 이번 여행은 즐겁긴 했지만 새롭지는 않았다. 반면 일흔 넘어 난생처음으로 일본 땅을 밟아 본 아빠의 대답이 의외였다.

"일본은 길에 폐지 줍는 노인들이 없더라?"

전혀 예상치 못한 답변에 고개를 갸웃했다. 우리는 온천물이 콸콸 터지는 고급 료칸에서 잠을 잤다. 화산재가 비처럼 내리는 화산 분화구를 코앞에서 구경했다. 제철 지역 특산품으로 차린 정통 일식을 먹었다. 그런데도 가장 기억에 남는 게 '길에 폐지 줍는 노인이 보이지 않은 것'이라니. 아빠의 답을 듣자마자 턱 하고 맥이 풀렸다. 분명 같은 시간, 같은 공간에 있었는데 30대였던 나와 60대 엄마, 70대 아빠의 시선이 닿는 곳은 모두 달랐다.

평소의 아빠에게는 동년배들의 찌든 가난, 끝나지 않는 삶의 고단함이 남의 일처럼 느껴지지 않았나 보다. 난 지금껏 수없이 많은 비행기를 타고 이곳저곳 여러 나라를 오갔다. 과로사 직전의 여권을 품에 넣고 유럽의 선진국부터 아프리카 끝의 최빈국까지 발 도장을 찍었다. 하지만 그 어느 나라에서도 폐지 줍는 노인이 있는지 없는지 살펴본 적이 없다. 아니, 생각할 필요조차 느끼지 못했다.

가고시마 여행에서 아빠의 머릿속에 가장 기억에 남는 게

'폐지 줍는 노인이 없다'라는 사실에 처음엔 충격을 받았다. 하지만 이내 그 한마디 덕분에 같이 여행을 해도 사람마다 그 나이 대에만 보이는 게 따로 있다는 사실을 알게 됐다. 아빠의 무심한 듯 시크한 여행 한 줄 평 덕분에 혼자 떠난 여행이나 친구와 함께하는 여행이었다면 결코 생각하지 못했을 부분을 다시 돌아보게 됐다.

돌이켜 보면 인생의 갈피를 못 잡던 20대의 여행에서는 20대만 보였다. 도쿄 시부야 스크램블 교차로가 내려다보이는 카페에 앉아 있을 때였다. 한껏 멋을 부리고 유아차를 끌고 가던 20대 초반의 엄마들을 보며 '저 어린 나이에 얼마나 놀고 싶을까?' 생각했다. 성공이 보장된 커리어를 과감히 포기하고 런던으로 가 오래 꿈꿔 왔던 요리 공부를 시작한 한 청년을 보며 '나라면 오로지 꿈 하나를 위해 저렇게 도전할 수 있을까?' 질문을 던졌다.

일과 성공이란 무엇일까 고민이 많았던 30대의 출장길에선 오로지 30대만 보였다. 30대 중반의 이른 나이에 남태평양 한가운데에서 고급 리조트를 운영하는 지역의 큰손이 된 화교 사업가. 마트에서 어떤 맥주를 고를까 고민하듯 쉽게 '어떤 섬을 사서 리조트를 지을까?' 생각하는 어마어마한 스케일에 입이 떡 벌어졌다. 또, 한 번뿐인 인생을 한곳에 정착하지 않고 마음 내키는 대로 살아가던 수염이 덥수룩한 노마드 족의 삶도 내겐 충격이었다.

당시 나는 매일 쳇바퀴를 도는 인간 다람쥐처럼 살았다. 눈 뜨면 출근해 정신없이 일하고 저녁이면 퇴근해 피곤함에 찌든 몸을 다이빙하듯 침대에 내던지는 하루를 반복했다. 그 속에서 매일 만나던 무채색 얼굴을 가진 사람들과 낯선 땅에서 만난 다채로운 사람들의 삶은 분명 결이 달랐다. 세상에 이토록 다양한 맛과 향으로 사는 사람들이 많은데 난 늘 평균과 보통의 삶이 정답인 줄 알고 살았다. 일이든 여행이든 그렇게 한 번씩 익숙한 공간을 떠나 낯선 곳에서 다양한 사람들의 모습을 보면 얼음물 한 바가지를 뒤집어쓴 듯 정신이 차려졌다. 각자의 속도와 색깔로 살아가는 또래들. 그들의 모습을 보면서 나에게 곧 시작될 인생 후반전은 어떻게 살아가야 하는가에 대한 진지한 고민이 생겼다.

본격적인 40대가 된 지금, 낯선 나라에 가면 동년배들의 어떤 모습에 시선이 꽂힐까? 여행길에 폐지 줍는 노인을 봤던 일흔 중반 아빠의 나이가 되면 또 어떤 걸 보게 될까? 나이가 몇이든 내가 바라는 건 확실하다. 어떤 모습이건 동년배들의 인생을 단지 성공과 실패로 구분 짓는 편협한 눈을 갖지 않는 것. 또 각자 가진 삶의 향기를 오롯이 느낄 수 있는 코를 갖는 것.

동년배들을 향해 아낌없는 감탄사와 응원의 말을 건네는 입을 갖는 것. 그런 눈, 코, 입을 갖는다면 제법 괜찮은 어른이 될 수 있지 않을까?

가지 않은 길의 부러움 ....

.... vs 가고 있는 길의 지겨움

어른이 되면 하고 싶은 일만 하면서 살 줄 알았다. 어른들이 하지 말라는 걸 마음대로 할 수 있을 거라 믿었다. 머리카락을 지지고 볶을 수도 있고, 화장도 할 수 있고, 밤늦게까지 술 마시며 노는 것도 할 수 있을 거라 생각했다. 희한하게 그 재미는 딱 20대 중반까지였다. 그 시기가 넘어가면서 모든 게 시들해졌다. 적어도 나의 경우에는 그랬다. 체력도 약하고 음주가무에 재능이 없는 나에게 예쁘게 꾸미고 나가 밤새워 노는 것은 금세 지치는 일이었다. 그때가 바로 '잠시'라도 하고 싶은 일을 하기 위해서는 그 수십, 수백 배의 시간을 꾸역꾸역 하기 싫은 일로 채워야 한다는 진리를 어렴풋이 알게 된 시점이었다.

모두가 인정하는 '완벽한 어른'인지는 여전히 물음표이지만 어쨌든, 어른이 돼서 좋은 점은 딱 하나다. 하기 싫은 걸 하지 않아도 된다는 점. 정확히는 남들이 뭐라 하든 하고 싶지 않은 건 꼭 하지 않아도 큰일이 벌어지지 않는다는 걸 알게 됐다.

"나이가 몇인데 아직도 밥에서 콩을 골라내냐?", "스무 살 새내기도 아니고 옷차림이 그게 뭐야?", "언제 돈 모아서 결혼하려고 맨날 여행만 다녀?"

지난 20~30대에 귀에 딱지가 앉도록 들었던 '어른들의 말'이다. 성인이라면 이 정도는 당연히 해야 한다고 말했다. 그 말에 '나도 어른이니까'라며 마음먹고 과감히 시도해 봤다. 그 결과는 '변화'나 '성장'은 고사하고 '도전' 그 이상도 이하도 아니었다. 노력해도 안 되는 건 깔끔하게 포기했다. 많은 사람은 이런 나를 보며 이것도 못 하면, 이 정도도 못 견디면 어떻게 사냐며 혀를 찼다. 콩을 좀 못 먹는다고, 짧은 옷을 좋아한다고, 미래를 대비해 돈을 모으는 대신 여행이나 다닌다고 어른이 되긴 멀었다며 고개를 절레절레 흔들었다.

어른들은 말했다. 인생에는 다 때가 있고 그러니 때를 놓치면 나중에 후회한다고. 그래서 할 수 있을 때 남들 하는 건 다 해야 한다고. 그 '남들 다 하는 거'에는 주로 결혼, 임신, 출산이 있었다. 하지만 어른들이 안 하면 망하는 것처럼 호들갑을 떨고 겁을 줬던 인생의 숙제를 안 해도 아주 살 만하다. 물론 세상이 말하는 '보통의 삶' 혹은 '주류의 인생'과는 거리가 멀어졌다. 하지만 결혼을 하든 안 하든, 아이를 낳든 안 낳든 사는 건 고만고만하다. 하루는 즐겁고 하루는 괴롭다. 우는 날이 있으면 웃는 날이 있다. 철이 안 들 사람은 부모가 되어도, 결혼을 하지 않아도 철이 들지 않는다. 자신의 인생을 책임지는 사람은 부양가족이 있든 없든 열심히 산다.

결혼을 해야, 아이를 낳아야 어른이 되는데 평생 그렇게 하고 싶은 것만 하면서 살면 후회할 거라고 했다. 그런데 주변의 결혼을 하고 아이를 낳은 친구들을 보면 분명 행복한 부분도 있지만 후회하는 부분이 있는 건 똑같았다. 가지 않은 길에 대한 부러움과 가고 있는 길에 대한 지겨움은 모두에게 공평했다.

단지 결혼, 출산만의 문제가 아니다. 세상에는 사람의 생김새만큼이나 각기 다른 삶의 모양이 있다. 공장에서 기계로 찍어 낸 블록 장난감처럼 빈틈없이 아귀가 딱딱 맞는 인생이란 없다. 언제 어디서 삐끗할지, 그렇게 삐끗해서 넘어진 덕분에 땅에 떨어진 1등 로또 용지를 발견하게 될지 모르는 일이다. 주류의 삶과 틈이 살짝 벌어지고 어긋난다고 해도 내 인생이 뒤집어지진 않는다. 영원한 비주류란 없다. 선명하게 보장된 미래란 없다. 포기하지 않는 한 폭망하지 않는다. 그래서 하기 싫은 일을 하지 않아서 무언가를 놓치거나 잃게 되지 않을까 걱정하지 않는다. 대신 겁먹고 남들 눈치 보느라 썼을 에너지를 하고 싶은 일을 할 때 쏟아붓는다. 그게 아직 가야 할 길이 까마득한 내 인생을 위해 할 수 있는 최선의 노력이다.

주류의 삶과 틈이 살짝 벌어지고 어긋난다고 해도
내 인생이 뒤집어지진 않는다.
영원한 비주류란 없다.
선명하게 보장된 미래란 없다.
포기하지 않는 한 폭망하지 않는다.

'오는 20일 영업 종료합니다. 그동안 감사했습니다.'

용산역 근처, 허름한 감자탕집 입구에 폐업 공지문이 붙었다. 끝은 언제나 서글프다. A4 용지 속 영업 종료 공지가 한없이 간결해서 더 짠했다. 나는 단골이라기엔 부족하고, 그저 오다가다 한두 번씩 들른 게 다일 뿐인 뜨내기손님이다. 그런데도 오랜 세월 그 자리를 지켜 온 감자탕집의 영업 종료 공지를 보니 가슴 한쪽이 텅 빈 듯 허전했다. 점심시간이면 늘 근처 직장인들로 북적이던 가게였다. 그래서 이곳이 없어질 거라고는 상상도 못 했다. 갑작스러운 영업 중단 공지를 보고 한동안 멍했다.

족히 30년은 넘었을 낡고 뻑뻑한 알루미늄 새시 문을 열고 들어가면 내부가 한눈에 들어올 만큼 작은 가게다. 왼편에는 온종일 뉴스가 흘러나오는 배불뚝이 브라운관 티브이와 잡동사니가 가득한 온돌방이 있다. 4인용 테이블 네 개가 전부인, 메뉴도 오직 감자탕 하나뿐인 고집스러운 감자탕집. 하지만 섞박지와 김치가 다인 보통의 감자탕집에 비하면 이곳은 반찬이 많이 나온다. 김치는 기본, 양념을 더한 오징어젓에 무생채까지 손이 많이 가는 반찬들이 상에 오른다. 음식 준비를 하느라 이른 아침부터 늦은 시간까지 허리 한 번 제대로 펴지 못했기 때문일까? 주인 할머니는 등도 허리도 굽어 있다.

영업 종료 공지를 확인한 날, 할머니의 얼굴을 유심히 살폈다. 힘들어도 늘 웃음이 가득했던 표정은 사라지고 짙은 그늘이 드리워 있었다. 아마도 평생 삶의 터전이었을 감자탕집에 영원히 불 꺼질 날이 하루하루 다가오고 있기 때문일 것이다. 방금 지은 따끈한 밥을 그릇 가득 퍼 주면서도 "아가씨 남길까 봐 적게 펐는데, 다 먹고 더 먹어요"라고 말씀하시던 할머니. 세세한 사정까지 물을 정도의 친분은 없어서 그저 주인 할머니가 꾸려 가시기에는 여러모로 힘에 부쳐 문을 닫는 게 아닐까 짐작할 뿐이었다.

이렇게 뜨겁게 달려온 한 세대의 퇴장을 마주할 때가 있다. 얼마 전, 집 근처의 막국수 노포가 문을 닫았다는 걸 알게 됐다.

리모델링을 위한 내부 공사에 들어간 줄 알았다. 그런데 공사가 끝난 가게에는 간판 대신 부동산의 임대 문의 플래카드가 붙었다. 이전한다는 공지는 눈을 씻고 찾아봐도 없었다. 용산 감자탕집과 마찬가지로 그곳 역시 30년 넘게 한자리를 지키고 있었기 때문에 사라질 거라고 예상하지 못했다.

인류에게 100세 시대는 축복일까? 아니면 형벌일까? 평생 직장의 신화가 무너진 시대에 두 노포의 영업 종료를 지켜보며, 언젠가 나에게도 닥칠 퇴장의 순간을 떠올렸다. 현업이라는 무대에서 후회 없는 열연을 하고 뜨거운 박수를 받으며 퇴장할 수 있을까? 웃으며 감격에 겨운 커튼콜을 할 수 있을까?

프리랜서이기에 따로 정년은 없지만, 나를 불러 주는 사람이 없으면 그 순간이 바로 은퇴다. 그게 당장 다음 주가 될 수도, 10년 후가 될 수도 있다. 나에겐 당장 메워야 할 다음 달 카드 값이 있고, 살아야 할 날도 까마득하다. 지금 하는 이 일을 그만둔다고 해도 눈감는 날까지 먹고살기 위해 무슨 일이든 해야 한다.

내가 꿈꾸는 가장 아름다운 퇴장은 스스로가 이만하면 할 만큼 했다 싶을 때, 미리 마련해 둔 튼튼한 플랜 B의 노선으로 갈아타는 것이다. 하지만 많은 사람이 바라는 이 판타지가 얼마나 실현하기 어려운 일인지 잘 알고 있다. 그저 내가 원하지 않는데, 준비도 안 됐는데 쫓기거나 떠밀리듯 물러나는 상황만이라도 면하고 싶다. 그러기 위해서는 지금부터라도 정신을 바짝 차려야 한다. 현업을 게을리하지 않으면서도 플랜 B를 구체화하기 위해 부지런히 몸을 움직여야 한다. 두 노포의 퇴장은 아직 살아갈 날이 창창한 나에게 많은 숙제를 남겼다. 그 숙제를 무사히 끝내고 언젠가 맞이하게 될 인생 영업 종료 때 붙일 공지를 상상해 봤다.

**년 *월 *일부로 이번 인생 셔터를 내립니다.

코흘리개 시절에는 코 닦아 주고, 유리 멘탈 시절에는 수시로 아이스 아메리카노를 주유해 준 많은 분 덕분에 무사히 여기까지 올 수 있었습니다. 여러분이 있어서 배곯지 않고 잘 먹고 잘 살았습니다. 즐거웠습니다. 행복했습니다. 다들 고맙습니다.

모쪼록 적게 일하고 많이 버시고, 종종 남이 사 주는 대가 없는 소고기를 먹는 날들이 이어지길 기원합니다.

상처의 손익분기점 : ⋯⋯⋯⋯

⋯⋯⋯⋯⋯ 상처 줘서 고맙습니다

대체 왜 엄마는 일찌감치 '그걸' 가르쳐 주지 않았을까? 세상 사람들이 전부 나를 좋아할 수는 없다는 걸. 나도 싫어하는 사람이 있으니 누군가도 당연히 나를 싫어할 수 있다는 걸. 그 인생의 진리를 알게 된 건 사회생활을 시작한 지 한참 후였다. 하지만 그건 머리로 이해하는 이론일 뿐. 머릿속으로 수없이 시뮬레이션 했어도 막상 현실에서 나를 싫어하는 사람과 마주하면 쉽게 표정 관리, 멘탈 케어가 안 된다. 아무리 마음의 준비를 해도 받아들이기 힘들다. 마치 예고도 없이 갑작스럽게 쏟아진 소나기 앞에 발 묶인 사람처럼.

몇 해 전, 내 인생에서 세 손가락 안에 꼽힐 정도로 힘들었던 프로젝트를 할 때였다. 모두가 하루빨리 탈출할 날을 손꼽아 기다릴 만큼 몸과 마음을 너덜너덜하게 만든 프로젝트. 매일 터지기 직전의 폭탄을 안고 죽기 살기로 버티니 쫑파티의 날이 오긴 왔다. 과정이야 어찌 됐든 술잔을 기울이며 그간 여러 부분에서 부딪혀 상처가 났을 마음을 위로했다. 술 한 잔을 입에 털어 넣으며 껄끄러웠던 기억도 그 술과 함께 털어지길 빌었다. 끝이라는 단어가 주는 해방감 때문이었을까? 모두 지금까지 한 번도 본 적 없는 밝은 미소를 나누며 헤어졌다.

그렇게 '어쨌든' 웃으며 헤어진 후배 중 한 명이 내 뒷담화를 하고 다녔다는 소식을 들은 건 쫑파티가 끝난 지 1년 정도 지난 후였다. 그 프로젝트 이후 노선이 다른 버스를 탔던 내 귀에까지 들릴 정도였으니 그동안 참 열심히도 떠벌리고 다녔나 보다. 쫑파티가 끝나고 먼 길을 가야 하는 경기도민의 택시를 잡아 주며 후배가 건넨 마지막 웃음이 기억난다. 지옥을 탈출했다는 기쁨의 미소인 줄 알았더니 이제 다신 널 안 봐도 된다는 쓴웃음, 비웃음이었던 걸까.

오식 나를 저격한 뒷담화를 직접적으로 들은 적은 처음이었다. 며칠간 정신을 차릴 수 없었다. 나에 대해 좋은 감정이 아닐 거라는 걸 짐작은 했지만, 나를 흠집 내는 데 그토록 정성을 쏟고 다닐지 몰랐다. 절친들은 "네 인생에 영향력도, 존재감도 없는 인간이 한 소리니까 무시해"라며 위로의 술을 건넸다.

예상치 못한 어퍼컷을 맞은 건 분명했다. 하지만 안타깝게도 날 주저앉힐 만큼 치명타는 아니었다. 절친들의 말대로 내 인생을 좌지우지할 만큼 중요한 인물이 아니었다.

그 뒷담화 사건(?)은 따끔한 백신 주사였다. 주사로 미리 약한 병균을 넣어 항체를 만들어 놓으면 나중에 강력한 병균이 들이닥쳐도 다 부술 수 있는 것처럼, 그 후배 덕분에 내 인생의 면역 체계는 한층 더 탄탄해졌다. 강력한 병균이 침투해 손쓸 새도 없이 큰 병이 되기 전에 하루라도 빨리 백신 주사를 맞게 해 준 후배가 고맙기까지 했다.

인생의 크고 작은 상처는 삶의 면역력을 높인다. 자잘한 시련은 내성을 키운다. 삶의 고비를 넘을 때마다 흐릿했던 인생은 점차 선명해진다. 걸러야 할 사람과 끝까지 함께 가야 할 사람, 피해야 할 사람과 붙잡아야 할 사람이 구분된다. 앞으로 가야 할 방향과 삶의 기준이 뚜렷해진다. 마치 하늘에서 구멍이 뚫린 듯 쏟아지던 소나기가 지나간 후 세상이 눈이 시리도록 투명해지는 것처럼. 그래서 나에게 상처의 손익분기점은 언제나 플러스다.

어른의

예의

SNS를 보다가 어떤 글을 읽고 피식 웃음이 터졌다. '어른의 예의'라는 제목이 달린 글에는 이런 내용이 담겨 있었다.

- 남의 서랍을 열지 않는다(=사적인 비밀에 호기심을 가지지 않는다).
- 뭔가를 지르면 부러워해 준다.
- 지나간 일을 다시 꺼내지 않는다.
- 조언을 하기 전에 감탄부터!
- 친구를 사귀려면 칭찬과 선물부터 건넨다.
- 뭔가가 좋다고 말할 때 찬물 끼얹지 마!

제목에서 '어른'이라는 단어만 빼고 보면 유치원 다니는 일곱 살 조카에게도 가르쳤던 내용이다. 분명 우리가 자라면서 배우고 익힌 사항들이다. 하지만 한 살 한 살 나이를 먹으면서 잊어버리는 걸까? 저 항목은 '어른의 예의'가 아니라 '사람의 예의'다. 사회 속에서 함께 살아가는 사람이라면 응당 지키고 가져야 할 마음가짐이다.

나이를 먹었다고 저절로 다 어른이 되는 건 아니다. 우리는 나이를 무기 삼아 휘두르며 선을 넘는 사람들을 종종 만나곤 한다. 그런 어른일수록 나이와 목소리의 크기 그리고 무례함의 정도는 늘 비례했다. 지하철에서 자리 하나를 두고 악다구니를 치며 싸우는 어른들. 술에 취해 공공장소에서 내 집 안방인 양 누워 주사를 부리는 사람들. 젊은이들에게 나이로 군림하며 존경을 강요하는 어르신 등 여전히 낡은 생각을 하는 어른들이 차고 넘친다. 그들에게 합리적인 이유나 이성적인 설득은 닿지 않고 부서져 버리는 공허한 메아리일 뿐이다.

늙은 몸에 갇혀 생각은 여전히 덜 자란 그들을 보면서 다짐한다. 시간이 흐르면 몸이야 늙겠지만, 생각과 행동만큼은 낡지 않는 사람이 되어야지. 외형적인 모습이야 분명 세월의 파도에 부딪혀 헐고 너절해질 것이다. 하지만 낡은 생각에 파묻혀 그곳이 세상의 전부인 양 내 말만 옳다고 고집부리는 어른은 되고 싶지 않다.

몇 해 전, 복잡한 마음을 정리하려 혼자 제주에 내려가 버스 여행을 한 적이 있다. 중산간의 지역에 있는 오름에 갔다가 숙소로 돌아가기 위해 버스를 기다리던 중이었다. 워낙 한적한 곳이라 버스 배차 간격도 드문드문했다. 뚜벅이 여행자에게는 흔한 기다림이었다. 이어폰을 귀에 꽂고 음악을 들으며 제주 산바람을 맞고 있는데, 내 눈앞으로 귤 두 개를 쥔 손이 갑자기 쑥 들어왔다. 무슨 일인가 싶어 고개를 돌리니 주름이 가득한 할망(할머니를 뜻하는 제주 방언)이 나를 쳐다보고 계셨다. 혼자 여행하는 젊은이(?)에게 할망이 건넨 귤 두 개에는 상큼한 응원이 담겨 있었다.

귤을 시작으로 대화의 물꼬를 튼 할망과 나. 워낙 제주 사투리가 심해 할망의 말을 반 정도밖에 알아듣지 못했지만, 하시는 말씀의 핵심은 간단했다. '혼자 다녀도 겁내지 말아라! 겁내는 걸 상대방이 알아채면 쉽고 만만하게 본다.' 내가 당당하면 그 누구도 날 쉽게 해하려 들지 않을 거라는 뜻이었다. 지금까지 혼자 여행할 때 만난 어른들에게 수없이 들었던 말은 대부분 조심히 다니라는 말이었다. 날 걱정하는 말이기도 하지만 한편으로는 세상은 무섭고, 널 노리는 악한 사람들이 많으니 네가 할 수 있는 최선의 공격은 '조심'밖에 없다는 소리였다. 같은 어른이 건넨 말이었지만 할망의 말은 정반대였다.

할망과 같은 버스를 타고 도심으로 나왔다. 할망은 시장 근처 버스정류장에 먼저 내리며 나에게 다시 한 번 말했다. "똘아. 겁내지 말고 놀당 갑서(제주 방언이라 정확히 기억은 안 나지만 대략 '딸아! 겁내지 말고 놀다가 가라' 이런 뉘앙스였다)!" 할망만의 세상을 보는 여유와 인생 짬밥이 느껴지는 마지막 인사였다. 큰 목소리로 강요하지도, 호통치지도 않았다. 그저 처음 보는 나의 선택을 지지하고 응원할 뿐이었다. 나도 언젠가 할망의 나이가 되어 과거의 나를 닮은 젊은이를 만난다면 건네고 싶은 온기와 애정이 가득 담긴 말이었다.

어른의 예의란 크고 대단한 게 아니다. 상대방의 마음을 헤아리고, 같은 눈높이에서 상대의 입장이 되어 진심을 건네는 것. 바로 그 '사람의 예의'면 충분하다.

시간이 흐르면 몸이야 늙겠지만,
생각과 행동만큼은 낡지 않는 사람이 되어야지.
외형적인 모습이야 분명 세월의 파도에 부딪혀
헐고 너절해질 것이다.
하지만 낡은 생각에 파묻혀 그곳이 세상의 전부인 양
내 말만 옳다고 고집부리는 어른은 되고 싶지 않다.

왜 공공 기관의 문을 여는 일은 늘 긴장될까? 성인이 된 지 한참이지만 공공 기관의 문을 열고 들어갈 때마다 딱 그런 기분이 든다. 선생님 호출을 받고 묵직한 교무실 문을 낑낑거리며 열던 중학생 시절로 돌아간 느낌. 국민건강보험공단에 가던 날도 어김없이 사춘기 중학생처럼 쭈뼛쭈뼛 문을 열었다. 그리고 어려운 전문 용어와 복잡한 행정 절차 끝에 원하는 서류를 품에 안고 나왔다. 이렇게 한 번씩 공공 기관에서 업무를 보고 나면 어른이라는 존재에 한 발짝 더 다가간 기분이다. 국민건강보험공단에 간 김에 오래 미뤄 둔 '어른의 숙제'를 하기로 했다. 같은 건물 3층에 내 두 번째 목적지가 있었다.

상담사의 의무적이지만 간단한 설명을 들은 후에 '사전연명의료의향서'에 내 이름을 써 넣었다. 쉽게 말해 심폐소생술·혈액 투석·항암제 투여·인공호흡기 착용 등 아무런 치료 효과 없이 임종 과정만 연장하는 의학적 시술을 중단하는 것에 동의했다(물론 언제라도 마음이 바뀌면 철회할 수 있다). 몸과 정신이 온전할 때 나는 내 죽음에 관한 서류에 사인했다. 모든 절차는 채 15분도 걸리지 않았다. 이미 충분히 알아봤고 심사숙고했기에 그 시간이 오히려 길게 느껴졌다.

몇 해 전, 일명 '존엄사법'이라 불리는 '호스피스·완화의료 및 임종 과정에 있는 환자의 연명의료 결정에 관한 법률(연명의료결정제도)'이 우리나라에서도 시행된다는 걸 알았다. 시행 직전 관련 프로젝트를 맡으면서 정보를 찾고 본격적으로 공부하며 이 제도의 취지에 격하게 공감했다.

난 평소에도 언젠가 맞이할 죽음의 순간을 종종 상상하던 사람이다. 어떻게 죽는 것이 나에게도, 또 남아 있는 사람에게도 덜 슬프고 괴로울까 생각하곤 했다. 각종 뉴스나 드라마, 영화 속에서 다양한 죽음의 모습을 목격했다. 그때마다 내가 그 상황이라면 어떤 결정을 할까 상상해 보곤 했다. 나의 답은 하나였다.

'1g의 후회도 아쉬움도 없이 살다가 온전하게, 흐트러짐 없는 모습으로 사랑하는 사람들의 배웅을 받으며 눈을 감는 것.'

딱 그거면 바랄 게 없다. 많은 사람이 원하는 그림이고, 또 그만큼 어렵기 때문에 천운을 타고나야 하는 일이라는 걸 잘 안다. 모든 일에 시작이 있으면 분명 끝도 있다. 이르거나 늦거나 그 차이일 뿐. 사람은 언젠가 죽음과 마주하게 된다. 나는 어느 날 불쑥 들이닥칠지 모를 죽음 앞에 당황하지 않도록 차근차근 준비하기로 했다.

내가 선택한 첫 번째 행정적인 절차가 바로 사전연명의료의향서에 사인을 하는 것이다. 무의미한 연명치료에 대한 부담과 의무를 사랑하는 사람들에게 떠넘기고 싶지 않았다. 내 삶의 기준과 방향을 내가 선택하듯 내 죽음의 품격도 내가 택하고 싶었다.

종이 한 장이 내 죽음의 품격을 증명한다면, 삶의 슬로건은 '마지막처럼'으로 정했다. 언젠가 티브이에서 응급의학과 전문의의 인터뷰를 본 적이 있다. 삶의 예기치 못한 순간들을 수없이 목격해 온 그 의사는 말했다. 지금 할 수 있는 건 지금 다 하자고. 사람이 살아 있고 죽는 찰나는 딱 종이 한 장 차이일 뿐, 없을 수도 있는 '나중'과 선명한 '지금'을 바꾸는 어리석은 짓은 하지 말자고 덧붙였다. 그의 말에 고개를 끄덕였다. 매번 새 프로젝트에 들어갈 때마다 '이번이 마지막일 수도 있어. 그러니까 후회가 남지 않도록 할 수 있는 한 최선을 다하자'고

다짐한다. 비단 일뿐일까? 사랑하는 사람과의 관계도 하루아침에 끊어질 수 있다. 없으면 못 사는 아이스 아메리카노도 어느 날 갑자기 알레르기가 생겨 못 먹을 수 있다. 더 좋은 때를 위해 모호한 다음을 기약하기보다 지금 또렷한 이 순간의 기분과 감정에 충실해 살기로 했다. 감사의 말도, 마음의 표현도 아끼지 않기로 했다.

죽음에 대한 생각은 사람마다 다르다. 그래서 내 선택이 정답도 아니고 강요할 수도 없다. 하지만 생각은 다를 수 있어도 누구에게나 죽음이 닥친다는 사실은 다르지 않다. 미룰 수도 피할 수도 없는 어른의 숙제, 죽음. 언젠가 해야 할 숙제를 미리 머릿속에 그려 놓으니 한결 마음이 편해졌다. 언제, 어느 때 죽음이 내 인생에 불쑥 발을 들여놓는다 해도 당황하거나 후회하지 않을 자신이 생겼다. 그래서일까? 내 삶의 투명도가 200%쯤 올라간 기분이다. 이게 바로 숙제를 미리 한 착한 어른이에게 하늘이 주는 선물이겠지?

나는 지금

후숙 중입니다

아보카도, 키위, 바나나, 멜론에겐 공통점이 있다. 수확 후 알맞게 익을 때까지 기다렸다 먹는 후숙後熟 과일이라는 점이다. 덜 익은 연두색 바나나는 상온에 4~5일 정도 뒀다 먹으면 가장 달고 맛있다. 일명 '슈가 스폿'이라 불리는 검은 점이 나타나는 것도 바나나에 제대로 맛이 들었다는 신호다. 단단한 그린 키위는 일주일 정도 지나면 과육이 말랑해지면서 과즙이 풍부해지고 당도도 높아진다. 아보카도는 연녹색이었던 껍질이 숙성될수록 어둡게 변한다. 상온에 이틀에서 나흘 정도 두면 먹기 좋을 정도로 익는다. 갓 수확했을 때 신선하고 과즙이 팡팡 터지는 과일도 있지만 아보카도, 키위, 바나나, 멜론처럼 시간이 쌓여야 맛이 제대로 들어차는 과일도 존재한다.

한때 나는 내가 신선 과일인 줄 알았다. 생기 넘치는 젊음을 무기 삼아 덜 익은 풋내를 퐁퐁 풍기며 날뛰었다. 서른을 넘기면 인생이 끝나는 줄 알고 예민함과 까칠함을 장착한 채 폭주했다. 나라는 브랜드에 신선함이 사라지면 반값 세일 스티커를 붙인 채 헐값에 팔리거나 아니면 폐기 처분될 거라 생각했다. 나라는 사람의 신선도가 떨어지면 내 가치도 무너져 내릴까 겁났다. 그래서 20대 때는 피부의 노화가 두려워 안티에이징 크림을 덕지덕지 발랐다. 마인드의 노화가 두려워 트렌드를 잰걸음으로 좇았다. 감각의 노화가 두려워 가냘픈 지갑의 허리띠를 바짝 조여 유행한다는 각종 아이템을 긁어모았다.

서른 중반을 넘긴 어느 날, 정신을 잡아 붙들고 내가 걸어온 길을 돌아봤다. 예외 없는 자연의 섭리가 찾아와 탱탱한 젊음을 앗아 갔다. 통장에 찍힌 숫자들도 증발한 지 오래였다. 핫하다고 긁어모았던 아이템들은 먼지를 수북이 쓴 예쁜 쓰레기 신세가 됐다. 모질고 끈덕지게 붙잡았던 신선함은 흔적도 없이 휘발되었다. 대신 내게는 고리타분한 '젊은 꼰대'라는 꼬리표가 붙어 있었다.

무슨 일이든 다 가질 수도 없지만, 다 잃지도 않는다. 그래서 사는 재미가 있고 내일이 기대되는 건지 모른다. 청춘을 떠나보내고 신선함은 잃었을지 모르지만 경험치라는 게 생겼다.

불꽃처럼 뜨거운 열정은 사라졌지만 크고 넓게 그리고 느긋하게 보는 마음의 눈이 자리 잡았다. 어떻게 해야 내 삶이 달콤해지는 슈가 스폿이 생기는지, 어떻게 해야 내 마음이 말랑해지는지, 어떻게 해야 나라는 존재가 맛과 향이 좋은 상태가 되는지 알게 됐다.

분명 갓 수확했을 때 맛과 영양이 최고인 인생이 있다. 하지만 꼭 그런 삶만 있는 것은 아니다. 인생의 맛이 제대로 드는 순간은 사람마다 다 다르다. 나는 직사광선이 닿지 않는 공간에서 일정한 온도와 습도로 차분히 숙성의 시간을 들여야 하는 '후숙 인생'이다. 후숙의 시간이 쌓여 한층 더 부드러워지는 아보카도처럼, 달콤해지는 바나나처럼 맛이 제대로 들고 있다. 남들이 보기에는 좀 더디고 모자라 보일지 모르지만, 나는 지금 나의 속도로 천천히 그리고 맛있게 익어 가는 중이다.

.... N년 전의 나, ...

.... N년 후의 나 ....

　무료한 오후, 채팅방 알림음이 정적을 깼다. 일상적인 수다를 떠는 지인들이 모인 단체 채팅방에 올라온 사진이 불씨가 되어 수다의 불꽃이 활활 타올랐다. 채팅방 구성원 중 가장 활발하게 SNS를 하는 A가 N년 전 우리가 함께 찍은 단체 사진을 올린 것이었다. 친절한 SNS 알고리즘이 'N년 전 오늘'이란 이름으로 당시의 추억이 담긴 사진을 추천해 줬다고 했다.

　마치 엊그제 같은데 시간은 벌써 N년이 훌쩍 흘렀다. 그사이 누군가는 결혼 후 출산을 해 엄마가 되었고, 또 누군가는 독립해 자신만의 보금자리를 꾸렸다. 짧은 단발이었던 난 거지존의 고비를 넘기고 이젠 똥머리라 불리는 번 헤어 스타일도 가능해졌다. 사진을 보며 한참을 깔깔거리던 중 누군가 얘기했다.

"N년 전, 이때의 우리는 2020년에 전염병이 돌아 마스크로 얼굴을 가린 채 살 거라고 상상이나 했을까? 2020년쯤 되면 하늘을 나는 자동차를 타고 다닐 줄 알았는데 말이야."

웃픈 현실에 누가 먼저랄 것도 없이 일동 침묵의 시간을 가졌다. N년 전의 우리는 2020년쯤에는 불안한 생활을 청산하고 좀 더 단단한 삶과 마음을 가질 줄 알았다. 하지만 여전히 흐릿한 앞날을 더듬거리며 한 발 한 발 걸어 나가고 있다. 오늘 걷지 않으면 내일 뛰어야 하고, 오늘의 내가 허리띠를 졸라매지 않으면 한 달 후의 나는 카드 값에 목이 졸릴지 모른다. 그것도 모자라 코로나19 바이러스라는 대재앙이 나를 덮칠지 모른다는 불안에 시달리는 중이다. 내가 아무리 조심하고 개인위생에 신경 쓴다 해도 언제 어떤 경로로 감염될지 모른다는 공포가 흥건하다.

겉으로만 보면 요즘의 나는 이보다 안정적일 수 없다. 잠도 잘 자고 생활 패턴도 일정하다. 크게 드러나는 트러블도 없다. 그래서 난 내가 스트레스를 받지 않는 편안한 상태라고 생각했다. 하지만 내 몸의 여러 기관은 그렇지 않다고 신호를 보내고 있었다.

먼저 입. 신경 쓰이는 일이 생기면 입으로 뭘 넘기지 못한다. 몇 달 새 3~4kg이 빠졌다. 덕분에 근 3년 만에 최저 몸무게를 찍었지만 마냥 반갑지는 않다. 다음으로 귀. 평소 가사가 좋은 곡을 골라 듣는 편인데 요즘은 머리가 복잡해 연주곡만 연신 듣는다. 여러 악기 소리가 들리는 것조차 머릿속을 헝클어뜨릴까 부담스러워 오직 피아노 한 대로 모든 감정을 표현하는 조성진의 연주만 계속 듣는다. 영화 〈올드보이〉의 오대수(최민식 분)가 군만두를 씹듯, 조성진의 연주를 마디마디 씹어 듣는다. 마지막으로 마음. 원래 종교가 없는 무신론자이지만 마음이 불안하니 자꾸 운세를 찾아본다. 별자리, 혈액형, 띠까지. 뭐든 좋은 소리를 찾아내 불안을 지운다. 불특정 다수를 위한 운세 풀이 중에서 흘려버릴 건 버리고, 나의 상황에 맞는 구절을 찾아내 꾸역꾸역 대입한다. 심리적 안정을 찾기 위한 나만의 자기 치유법이다.

시간이 흘러 N년 후의 난 2020년을 어떻게 기억할까? 하루 두 시간 산책 외에는 바이러스가 두려워 셀프 자가 격리를 택해 집 안에 갇혀 지내는 나. 넘어가지 않는 밥 대신 두유로 끼니를 때우고 조성진의 연주를 듣는 나. 글을 쓰다가 안 풀리면 인터넷에 떠도는 운세를 찾아 불안을 다독이는 나. 그게 전부다. 쓰나미처럼 갑작스레 몰아친 바이러스에 무기력해지지 않기 위해 작은 내 방에서 부지런히 움직인다. 머리도 쓰고 몸도 쓴다. 과연 이렇게 얼마나 버틸 수 있을까?

생각이 꼬리를 물더니 N년 후의 나는 어떤 모습일지 궁금해졌다. N년 후의 나는 N살을 더 먹었을 테고, 할머니에 한 발짝 더 다가가 있을 것이다. 그때의 나에게 바라는 건 딱 하나다. 2020년의 나보다 덜 불안해하길. 불투명한 미래야 인생의 디폴트 값이니 불안을 거두고 마음도, 생활도 더 안정된 하루하루를 살길 빈다. N년 후의 나는 몸도 마음도 건강한 모습으로 살아가고 있으리라 믿는다. 그래야 2020년 오늘의 나도 지치지 않고, 포기하지 않고 내게 주어진 날들을 성실히 채워 갈 수 있을 테니.

오늘 하루,
포스트잇처럼
가볍게 살았나요?